部编版
必读经典书系

中外民间故事精选

zhongwai minjian gushi jingxuan

南京大学出版社 编

南京大学出版社

图书在版编目（CIP）数据

中外民间故事精选 / 南京大学出版社编 . -- 南京：南京大学出版社，2020.6
（部编版必读经典书系）
ISBN 978-7-305-23178-0

Ⅰ . ①中… Ⅱ . ①南… Ⅲ . ①民间故事 - 作品集 - 世界 Ⅳ . ① I17

中国版本图书馆 CIP 数据核字 (2020) 第 064697 号

出版发行　南京大学出版社
社　　址　南京市汉口路 22 号　　邮　编　210093
出 版 人　金鑫荣
项 目 人　石　磊
策　　划　刘红颖

丛 书 名　部编版必读经典书系
书　　名　中外民间故事精选
编　　者　南京大学出版社
封面插图　李静潭
责任编辑　洪　洋
助理编辑　王冠蕤
责任校对　曹思佳
装帧设计　谷久文

印　　刷　江西华奥印务有限责任公司
开　　本　710×1000　1/16　印张 15.5　字数 183 千
版　　次　2020 年 6 月第 1 版　2020 年 6 月第 1 次印刷
ISBN　978-7-305-23178-0
定　　价　27.00 元

网　　址：http://www.njupco.com
官方微博：http://weibo.com/njupco
官方微信号：njupress
销售咨询热线：(025)83594756

无障碍高效读经典
名师送你四大锦囊妙计

2017年秋季学期，教育部统一组织新编的义务教育《语文》教材（部编版语文教材）开始在全国范围内使用。此次部编版语文教材的一大改革，就是提升了课外阅读在语文学习中的重要性。课外阅读被纳入语文教学，小学阶段增加了对课外阅读的要求，初中阶段的名著阅读更是成为必考内容。可以说，语文学习已经从课堂延伸到课外，需要学生更加重视自主的阅读实践。

南京大学出版社出版的“部编版必读经典书系”，基于部编版语文教材必读和自主选读书目选篇，以中国古代文学经典、中国现当代文学经典、外国文学经典三部分呈现，特邀一线语文教学名师撰写导读，真正实现阅读经典无障碍，为广大青少年读懂经典、理解经典铺平道路，扩大其视野。

一、选篇依据部编版语文教材，千锤百炼

“部编版必读经典书系”所选篇目，依据最新部编版语文教材提供的必读和自主选读的名著书目，无缝对接教材新标准。

秉承南京大学诚朴雄伟的精神品质、励学敦行的实践作风，南京大学出版社坚持出版高品质图书，自2013年以来陆续出版“新课标经典名著

系列·学生版”系列图书达116种，历经市场检验，加印不断，成为广受青少年读者喜爱的版本，“部编版必读经典书系”即在此基础上进行改版、精修、精编而成。

二、版本考究，编辑严谨

“部编版必读经典书系”分为中国古代文学经典、中国现当代文学经典、外国文学经典三个版块，装帧设计上既达到套系图书统一视觉传达的标准，又兼顾了三个版块的差别，便于读者选择和收藏。

本套书选取权威译本，如《泰戈尔诗选》，选取了权威的郑振铎译本，《小王子》也采用了深受阅读推广人和小学语文特级教师赞誉的程玮译本等，从源头上保证了“部编版必读经典书系”的内容品质。

为便于广大青少年读者阅读，在编辑过程中，我们为原书章节无标题的部分加注标题，方便读者透过目录，提纲挈领地快速了解全书内容，也便于日常翻阅。

特邀长期工作在一线的语文名师撰写“名师导读”，经反复讨论、试读和打磨，形成“四大锦囊妙计”，以两部分在书中呈现，分别设置在正文前后，为读者自主、高效阅读铺平道路、画龙点睛。

三、一线语文名师导读，实现无障碍高效阅读

“名师导读”是“部编版必读经典书系”的一大亮点，其中的“四大锦囊妙计”被依次开启的同时，也将读者引领至更深、更广的阅读旅程。“名师导读”分两部分呈现，分设在正文前后。“名师导读（一）”为读

者在阅读前指明方向，为快速介入铺平道路：

锦囊 1：名著题解

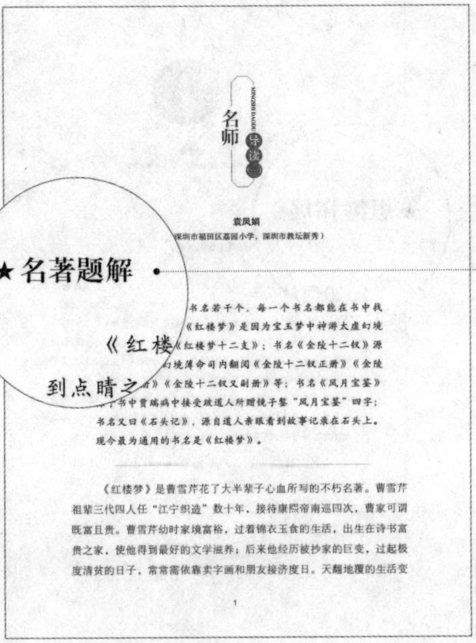

名师导读

袁凤娟

（深圳市福田区荔园小学，深圳市教坛新秀）

★名著题解

《红楼……书名若干个，每一个书名都能在书中找到点睛之……《红楼梦》是因为宝玉梦中神游太虚幻境……《红楼梦十二支》；书名《金陵十二钗》源……幻境薄命司内翻阅《金陵十二钗正册》《金陵……册》《金陵十二钗又副册》等；书名《风月宝鉴》……书中贾瑞病中接受跛道人所赠镜子鉴“风月宝鉴”四字；书名又曰《石头记》，源自道人亲眼看到故事记录在石头上。现今最为通用的书名是《红楼梦》。

《红楼梦》是曹雪芹花了大半辈子心血所写的不朽名著。曹雪芹祖辈三代四人任“江宁织造”数十年，接待康熙帝南巡四次，曹家可谓既富且贵。曹雪芹幼时家境富裕，过着锦衣玉食的生活，出生在诗书富贵之家，使他得到最好的文学滋养；后来他经历被抄家的巨变，过起极度清贫的日子，常常需依靠卖字画和朋友接济度日。天翻地覆的生活变

1

看题解，知大概

从容进入阅读的第一步是了解作者、知道作品的创作与文化背景等，这样就会在脑海中自然勾画出作品的大概面貌，进入阅读时就不会感到陌生。

锦囊 2：阅读导入

敲黑板，画重点

从现实生活导向具体章节，消除阅读距离感；点破阅读重点，引导读者带着问题阅读，自然进入深度阅读。

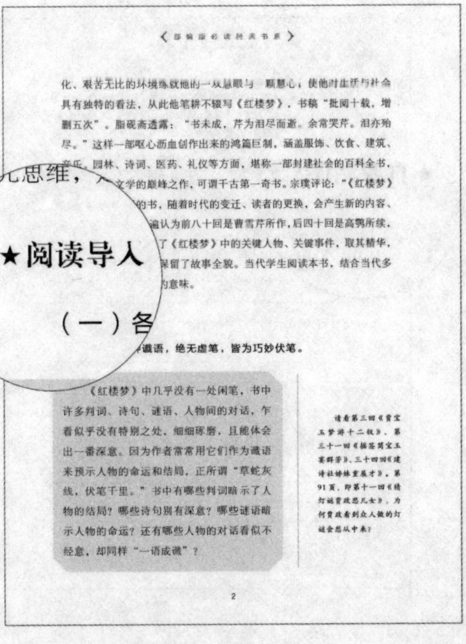

《部编版必读经典书系》

化、艰苦无比的环境练就他的一双慧眼与一颗慧心，使他对生活与社会具有独特的看法，从此他笔耕不辍写《红楼梦》，书稿“批阅十载，增删五次”。脂砚斋透露：“书未成，芹为泪尽而逝。余常哭芹，泪亦殆尽。”这样一部呕心沥血创作出来的鸿篇巨制，涵盖服饰、饮食、建筑、音乐、园林、诗词、医药、礼仪等方面，堪称一部封建社会的百科全书，……思维，……文学的巅峰之作，可谓千古第一奇书。宗璞评论：“《红楼梦》……的书，随着时代的变迁、读者的更换，会产生新的内容、……遍认为前八十回是曹雪芹所作，后四十回是高鹗所续，……了《红楼梦》中的关键人物、关键事件，取其精华，……保留了故事全貌。当代学生阅读本书，结合当代多……的意味。

★阅读导入

（一）各……谶语，绝无虚笔，皆为巧妙伏笔。

《红楼梦》中几乎没有一处闲笔，书中许多判词、诗句、谜语、人物间的对话，乍看似乎没有特别之处，细细琢磨，且能体会出一番深意。因为作者常常用它们作为谶语来预示人物的命运和结局，正所谓“草蛇灰线，伏笔千里。”书中有哪些判词暗示了人物的结局？哪些诗句别有深意？哪些谜语暗示人物的命运？还有哪些人物的对话看似不经意，却同样“一语成谶”？

请看第三回《贾宝玉梦游十二钗》、第三十一回《撷茗简宝玉宴群芳》、三十四回《建诗社姊妹重展才》，第91页，即第十一回《猜灯谜贾政悲儿女》，为何贾政看到众人做的灯谜会悲从中来？

2

“名师导读（二）”为读者消除阅读盲点，使其对作品的理解更深刻，生发出更具思考性的阅后心得。

锦囊3：思维拓展

扫困惑，明主题

由点及面、举一反三、触类旁通的思维导引，直指作品核心。对作品的深层思考，令经典阅读不止于文本本身。

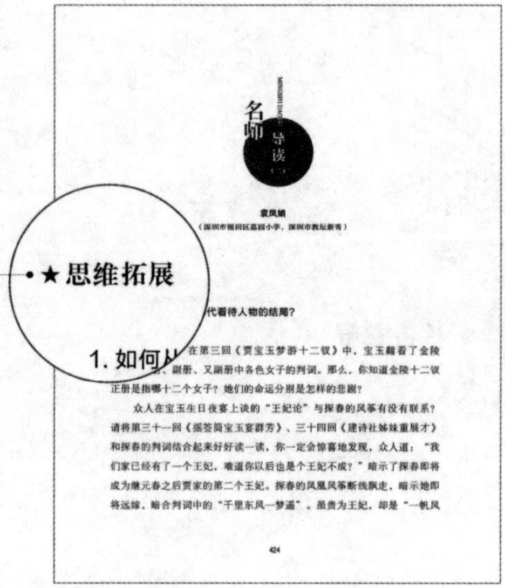

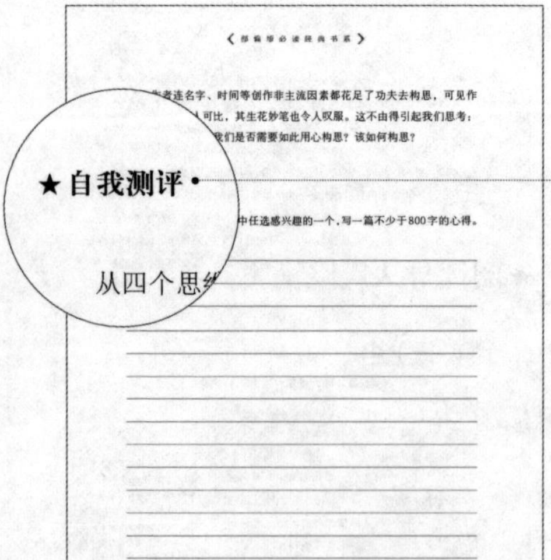

锦囊4：自我测评

积跬步，至千里

好记性不如烂笔头。旁征博引、挥洒自如、文思滔滔的好文章是建立在日积月累的大量阅读上的，积一本“‘部编版必读经典书系’心得本”，阅读能力提升，写作能力当然大进步！

MINGSHI DAODU

名师导读一

耿玉苗

（北京赫德双语学校课程研究院副院长 阅读改变中国年度点灯人）

★名著题解

民间故事是民间文学的一种，从远古时代起，就在人们之间口头流传，深受人们喜爱。它题材广泛，情节夸张，充满幻想，大都表现了人们的美好愿望。它就像所有优秀的作品一样，从生活本身出发，但又超越生活，往往包含着自然的、异想天开的成分。

这本《中外民间故事精选》共收录中国民间故事30个，外国民间故事23个，每一个故事都非常经典，叙事手法质朴简约，与民众的审美趣味相契合，情节具有强烈的趣味性。它们时代久远，伴随着人类走过漫长的成长历程，而经久不衰。这些有趣的故事，从最初的口口传播，到后来被生动的文字记录下来，才得以更为广泛地传播。这53个故事就像历经岁月淘洗，在时间的河岸上依旧散发动人光辉的珍珠一样闪闪发光。

★阅读导入

（一）中国是茶文化的发源地，也是茶的故乡。茶在中国拥有四千七百多年的历史。茶，是中华民族的举国之饮，据说它是由一个叫神农的人发现的。神农是怎样发现茶的呢？“茶”为什么最初叫“查”呢？

请阅读《神农尝百草》

（二）宋朝有一户人家非常贫穷，只有母子二人相依为命，日子过得十分艰难。有一次，母亲突然病倒，急需钱来治病，一个好心人可怜这户人家，就给心急如焚的儿子找到一个卖油条的活儿。第二天，小孩儿便提着篮子去卖油条了，辛辛苦苦忙活大半天赚了100个铜钱。小孩儿累得不行，在青石板上睡着了。谁料醒来后发现铜钱一个不剩，全都不见了。包公知道此事后，竟然审起青石板来。这其中有何蹊跷？包公帮助小孩儿找回丢失的铜钱了吗？

请带着疑问阅读《包公巧审青石板》

（三）老人通常阅历丰富，是全社会的财富。尊老爱幼是一种传统美德。但当老人年事已高，身患重病，行动不便时，儿女们是不是仍旧做到了善待他们呢？儿女们为什么要把含辛茹苦将自己养大的父母送到弃老山上去呢？

请带着问题阅读日本民间故事《弃老山》

（四）渔夫出海打鱼，前三网什么也没有捞到，第四网简直拉不动。渔夫以为是打到了大鱼，跳下水去，费了九牛二虎之力把网拖上岸，没想到网里有一个胆形的黄铜瓶。渔夫决定把黄铜瓶带到集市上去卖掉，换些钱。瓶子里装着什么？为什么这么沉？渔夫是否卖掉了黄铜瓶呢？

请阅读阿拉伯民间故事《渔夫与魔鬼的故事》

部编版必读经典书系

目录 Contents

中国民间故事

外国民间故事

中国民间故事

过“年”

春节俗称“新年”“新岁”，过春节也叫“过年”。每逢此时，家家户户贴春联、放鞭炮，张灯结彩，一片热闹喜庆的景象。然而，在很早的时候，人们并不这样过年。

古时候，在深山老林里，出没着一只名字叫“年”的怪兽。

这只怪兽不像龙，不像狮，不像虎，但它比龙厉害，比狮凶猛，比虎残忍。一到冬末春初的寒冷黑夜，“年”就要到山下的村子里横冲直撞，见牲畜咬牲畜，逢人就吃人。它奇凶异猛，残忍无比，很多人都遭到了它的残害。

“年”闹得人心惶惶，家家闭户。无奈之下，人们只好备下活猪活羊供奉给它，希望它在吃了活猪活羊之后，就不再进村吃人了。可是没有用，“年”的食量很大，它吃完了供奉的牲畜，仍旧要闯进村里吃人。

有一户人家，一对夫妇带着几个孩子过活。一天晚上，男主人因害怕“年”闯进家里闹事，便在屋子当中点燃了一堆竹子照明壮胆，全家人则躲藏在屋角，连口粗气也不敢出。

突然，院子里一阵骚动，凶恶的“年”又来了。它刚靠近屋门，就被屋里冒出的青烟呛得两眼流泪。“年”强睁泪眼，正要破门而入。这时，火堆里有几根竹子被烧得爆开了，发出噼里啪啦的声音，把“年”吓了一大跳。“年”惊魂未定，屋子里又传出“哐当”一声爆响。这下子，可真把“年”给吓坏了。只见它夹起尾巴，仓皇逃命去了。

这“哐当”的声响究竟是怎么回事呢？原来，屋里的男主人看“年”快要破门而入，他在慌乱中顺手拿起一个破铜盆朝门口投去，铜盆摔在地上发出的声响竟把凶恶的“年”给吓跑了。全家人意外脱险，都很高兴。

人们听说了这户人家里发生的事情，经过仔细合计，知道“年”也会害怕，也有弱点，都格外高兴。从此以后，再到冬末春初的月黑之夜，人们就堆起竹子，燃起大火，并拿起铜盆铁锅尽情敲打。“年”虽凶猛，但它惧怕那竹子爆裂和敲打铜盆时发出的声响，所以它再也不敢闯进村子里捣乱了，人们也不用惧怕“年”了。

后来，人们仿照竹子做成鞭炮，称之为“爆竹”；还根据“年”所惧怕的声响，造出了铜锣和鼓。一到冬末春初，

“年”将要出来害人的月黑之夜，人们就围坐在燃烧着的火堆旁边，放爆竹、敲锣鼓驱赶“年”。

久而久之，人们就把这原本是驱赶凶恶的“年”兽的日子称为“过年”了。

神农尝百草

神农一出生就有个水晶肚子，五脏六腑全都能看得一清二楚。那时候，人们经常因为乱吃东西而生病，甚至丧命。神农决心尝遍所有的东西，能吃的、好吃的放在身上左边的袋子里，给人吃；不能吃、不好吃的就放在右边的袋子里，当药用。

第一次，神农尝了一片小嫩叶。这叶片一落进肚里，就上上下下地把里面的各个器官擦洗得干干净净、清清爽爽，像巡查似的。神农把它叫作“查”，就是后人所称的“茶”。神农就将它放进左边的袋子里。

第二次，神农尝了朵蝴蝶样的淡红小花，甜津津的，香味扑鼻，这是“甘草”。他也把它放进了左边的袋子里。

就这样，神农辛苦地尝遍百草，每次中毒，都靠茶来解救。后来，他左边袋子里的花草根叶有四万七千种，右边有三十九万八千种。

但有一天，神农尝到了“断肠草”。这种毒草太厉害了，他还没来得及吃茶解毒就死了。他是为了拯救人们而牺牲的，人们称他为“药王菩萨”，永远地纪念他。

三个和尚

从前，有个小和尚，走呀走，走到了一个地方。山坡下面有条小河，山坡上面有座小庙。小和尚正想找个住的地方，就噔噔噔地往山坡上走。

小庙里静悄悄的，一个人也没有，小和尚就在这座空庙里住了下来。

小和尚一个人住在庙里，每天除了念经，还得烧饭、做菜，尤其是要喝水，每天得下山去挑，可忙碌了。

过了几天，一个瘦和尚路过这儿，正好碰见小和尚出来挑水，就说："小师父，我想在这儿住，你看行吗？"

"行，我有个伴儿更好。快去挑水吧。"说着，小和尚就把扁担、水桶交给了瘦和尚。

瘦和尚说："让我挑水？哎呀呀，你没看见我走了一天的山路，已经累得不行了？小师父，你本来就要自己去挑的嘛。”

他们说着说着，吵起嘴来，直吵得瘦和尚渴得要死，小和尚的喉咙也冒烟了。哎呀，不能再吵了，还是两个人一起下山去抬水吧。

又过了几天，一个胖和尚路过这儿，正好碰见小和尚跟瘦和尚抬着一只水桶出来。胖和尚也要求和他们住在一起。

小和尚说：“好哇！那你就跟瘦师父一起去抬水吧。”

瘦和尚说：“怎么让我抬？你跟胖师父去抬。”

三个和尚吵了起来。吵着吵着，大家都渴得要死，可是没人肯挑水，也没人肯抬水。他们坐着一动也不动，身子像着了火似的，真难受哇。

天渐渐黑了，谁也没站起来。他们合上眼皮，迷迷糊糊地睡着了。

这时，一只小老鼠大模大样地钻出洞来，东跑跑西逛逛，看见桌子上点着一支蜡烛，心里可乐了：“吱吱吱，吱吱吱，蜡烛油，我爱吃。”

它爬到桌子上去啃蜡烛，啃哪，啃哪，把蜡烛啃断了，蜡烛啪地倒了下来。火把旁边的布幔烧着了，不一会儿就起了大火。

不得了了，起火了！三个和尚睁开眼睛一看，火苗已经蹿上了屋顶。他们急坏了，赶紧拿起水桶、扁担，下山挑水救火。三个和尚舀水的舀水，挑水的挑水，泼水的泼水，好不容易才把大火扑灭。

好险哪！三个和尚一齐说："要不是大伙儿一块儿救火，咱们这座小庙就被烧成灰了。"

他们半天没喝水，又救了一场火，更渴了。于是三个和尚都争着去挑水了。

东郭先生和狼

东郭先生是一位很老实、很善良的老先生。有一天，他装好一袋书，骑上毛驴，进城到一个大户人家里去教书。

走到半路，突然窜出一只受了箭伤的狼，老先生吓得向后直退，谁知这只狼却趴在地上直磕头，哭丧着脸慌慌张张地说："老先生，救救我吧！后面有个猎人在追赶我呢！"它回头望了一眼，又忙说："快让我躲一躲好吗？我以后一定报恩，一定报恩。"

东郭先生平时只听说狼都是凶残的家伙，没想到眼前的狼这样可怜，便左顾右盼起来，说："你往哪里躲呢？你往哪里躲呢？"

狼说："我就躲到你的书袋子里。你先取出书，我钻进袋子之后，你再把书放在上面就行啦！"

东郭先生按狼的主意办了。

过了一会儿，猎人顺着血迹跟踪而来，看见东郭先生坐在口袋上，便下马上前："请问老先生，见过一只受伤的狼没有？"

东郭先生支支吾吾地说："没、没有。"

猎人看东郭先生一脸老实的样子，就走了。猎人一走，东郭先生赶紧将狼放了出来："嗨，你快走吧。"

"什么，要我走？到哪里去？"狼突然翻了脸，露出凶相，步步紧逼，"我已经跑了几天几夜，现在饿了，我得把你吃了！"

东郭先生大吃一惊："什么，你要吃我？"

狼咧开了嘴："对，救命就要救到底，是不是？"

东郭先生万万没有想到竟有这样邪恶的家伙，气得胡须直抖："我救了你，你还要吃我，天下哪有这种道理！"

"我不吃你就要饿死，这就是道理！"狼说着就扑了过去。

东郭先生忙喊道："慢！我们找人评评理。"

狼不在乎地说："行，行，行。"

他们走到一棵枣树前，请枣树评理。

这棵苍老的枣树叹了口气说："我为人们结出了无数的大红枣子，现在他们却要把我砍掉，有什么理好讲！"

狼听了很高兴："你听听，有什么道理好讲！"说着就要张开血口。

东郭先生说："这枣树老糊涂了，分不清好坏，我们再找一位评理吧。"

狼说："好吧。"

刚好一头老黄牛走了过来，东郭先生请老黄牛评理。

老黄牛哼了一声："我给人干了一辈子活，现在我老了，他们还要杀我，吃我的肉，我找谁去评理？"

狼一听更高兴了："你听听，什么道理不道理的，吃了你才是道理呢！"

东郭先生慌忙说："这老黄牛是气糊涂了，分不清好坏，我们还得再找别人评评理。"

东郭先生看到一个砍柴的农民朝他走来，就立即拉住他，请他评理。

这位砍柴的人听他讲完了经过，说道："你说的这些话，我有点儿不太相信，你救了它的命，它怎能吃你呢？这是天大的笑话，一定是你想害它，它才要吃你的。"

狼说："您说得太对了，他把我装在布袋里，还在我身上压了这么多书，不是害我是什么？"

砍柴人这时把柴放下来，说道："你说的这话，我也不太相信，他这个小布袋能装得下你这么大的身子吗？"

“你不相信？我钻给你看看。”

“那行，你钻给我看看。”

狼不服气地钻进袋子，把腿一缩尾一收，正想开口说话，这时，砍柴人一下子将袋子口扎牢，举起柴刀把狼砍死在袋子里了。

东郭先生听到狼的惨叫声，还愣在那里发呆。砍柴人对东郭先生说：“跟凶恶的野兽讲什么理？还对它大发慈悲，那不是自讨苦吃吗？”

猎人海力布（蒙古族）

从前有一个人，名叫海力布，他靠打猎过活。他很愿意帮助人，打来禽兽，从不独自享用，总是分给大家。因此，海力布很受大家尊敬。

一天，海力布到深山里去打猎，在密林的旁边，看见一条小白蛇盘睡在山丁子树下。他放轻脚步绕过去，不去惊动它。正在这时，忽地从头上飞过来一只灰鹤，“嗖”的一声俯冲下来，用爪子抓住了盘睡的小白蛇，又腾空飞去。小白蛇被抓住后惊醒过来，尖叫：“救命！救命！”海力布急忙拉弓搭箭，对准顺着山峰飞升的灰鹤射去。灰鹤一闪，丢下小白蛇就逃跑了。海力布对小白蛇说：“可怜的小东西，快找你的爸爸妈妈去吧！”小白蛇向海力布点了点头，表示感谢，就隐到草丛里去了。海力布也收拾好弓箭回家了。

第二天，海力布路过昨天走过的地方，看见一群蛇拥着一条小白蛇迎了过来。海力布觉得奇怪，想绕道过去，那条小白蛇却向他说道："救命的恩人，您好吗？您可能不认得我，我是龙王的女儿。昨天您救了我的性命，我的父母今天特地叫我来接您，请您到我们家去一趟，他们要当面谢您。"小白蛇又继续说："您到我的家里以后，他们给您什么您都别要，只要我父亲嘴里含着的宝石。您得到那块宝石，把它含在嘴里，就能听懂世上各种动物的话。但是，您所听到的话，只能自己知道，可不要向别人说，如果向别人说了，那么您就会从头到脚变成僵硬的石头死去。"

海力布听了，一面点头，一面跟着小白蛇向深谷走去。走到一个仓库门前，小白蛇说："我的父母不能请您到家里去坐，就在仓库门前等您，现在他们已经来到这里了。"

小白蛇说话的时候，老龙王已经迎上前来，恭敬地说："您救了我的爱女，太感谢您了！这是我聚藏珍宝的仓库，我带您进去看看，您愿意要什么，就拿什么去，请不要客气！"说着，他把仓库门打开，引海力布进屋。只见屋里全是珍珠、宝石，琳琅满目。老龙王引着海力布看完这个仓库，又走到另一个仓库。就这样，一连走了一百零八个仓库，但海力布没有看中一件宝贝。老龙王很为难地问海力布："我的恩人！我这些仓库里的宝物，您一个也不稀罕吗？"

海力布说："这些宝物虽然很好，但只不过是美丽的装饰品，对我们打猎的人来说，没有什么用处。如果龙王真想送一点东西给我做纪念，就请把您嘴里含的那块宝石给我吧！"龙王听了这话，低头沉思一会儿，忍痛把嘴里含的那块宝石吐了出来，递给海力布。

海力布得了宝石，辞别龙王出来的时候，小白蛇又跟着他出来，再三叮嘱他说："有了这块宝石，您什么都可以知道。但是，您所知道的一切，一点也不能向别人说。如果说了，一定会有危险，您可千万记住！"

从此，海力布在山中打猎的时候更方便了。他能听懂鸟雀和野兽的语言，隔着大山他都能知道有什么动物。这样过了几年，有一天，他照旧到山里去打猎，忽然听见一群飞鸟议论说："我们快到别处去吧！明天这里附近的大山都要崩裂，洪水泛滥，不知要淹死多少野兽呢！"

海力布听见了，心里很着急，也没有心思再打猎了，赶紧回家，向大家说："我们赶快迁移到别处去吧！这个地方住不得了！谁要不相信，将来后悔就来不及了！"

大家听了他的话都感到很奇怪，有的认为根本不会有事，有的认为可能是海力布发疯了。总之，谁都不相信。海力布急得掉下眼泪说："大家难道要我死了，才相信我的话吗？"

几个年长的人向海力布说："你从来不说谎话，这是我们大家都知道的。可是你现在说这个地方住不得，这是为什么呢？”

海力布想：“灾难立刻就要来到了。如果我只顾自己避难，让大家遭祸，这能行吗？我宁肯牺牲自己，也要救出大家。”于是，他把如何得到宝石，如何利用它打猎，今天又如何听见一群飞鸟议论，看见他们忙着逃难的情形，以及不能把听来的事情告诉别人，如果告诉了，自己就会立刻变成石头而死等，都说了出来。海力布边说边石化，渐渐变成了一块僵硬的石头。大家看见海力布变成了石头，很悲痛地赶着牛羊马群，举家迁徙。这时，阴云密布，已经下起了大雨。到第二天早晨，在轰隆隆的雷声中，忽然听见一声惊天动地的响声，霎时山崩水涌，洪水滔滔。大家都悲痛地说：“要不是海力布为大家而牺牲，我们都要被洪水淹死了！”

后来，大家找到了海力布变成的那块石头，把它放在山顶上，好让子子孙孙都记住这位牺牲自己保全大家的英雄，让子子孙孙都祭拜他。据说，现在还有一块被称为“海力布”的石头存在着。

鲁班学艺

鲁班年轻的时候，决心要上终南山拜师学艺。他拜别了爹娘，骑上马直奔西方，越过一座座山冈，蹚过一条条溪流，一连跑了三十天。他的前面没有路了，只见一座高耸入云的大山。鲁班想，恐怕是终南山到了。山上弯弯曲曲的小道有千百条，该从哪一条上去呢？鲁班正在为难，忽然看见山脚下有一座小房子，门口坐着一位正在纺线的老奶奶。鲁班牵马上前，作了个揖，问："老奶奶，我要上终南山拜师学艺，该从哪条道上去？"老奶奶说："这里九百九十九条道，正中间一条就是。"鲁班连忙道谢。他左数四百九十九条，右数四百九十九条，选了正中间那条小道，骑马跑上山去。

鲁班到了山顶，只见树林子里露出一带屋脊，走近一看，是三间平房。他轻轻地推开门，屋子里破斧子、烂刨子摊了一地，连个落脚的地方都没有。一个须发皆白的老头儿，伸长两条腿，躺在床上睡大觉，呼噜声像擂鼓一般。鲁班想，这位老师傅一定就是精通木匠手艺的神仙了。他把破斧子、烂刨子收拾进木箱里，然后规规矩矩地坐在地上等老师傅醒来。

直到太阳落山，老师傅才睁开眼睛坐起来。鲁班走上前，跪在地上说："师父啊，您收下我这个徒弟吧。"老师傅问："你叫什么名字？从哪儿来的？"鲁班回答："我叫鲁班，从一万里外的鲁家湾来的。"老师傅说："我要考考你，你答对了，我就把你收下；答错了，你怎样来还怎样回去。"鲁班不慌不忙地说："我今天答不上，明天再答。哪天答上来了，师父就哪天收我做徒弟。"

老师傅捋了捋胡子说："普普通通的三间房子，几根大柁？几根二柁？多少根檩子？多少根椽子？"鲁班张口就回答："普普通通的三间房子，四根大柁，四根二柁，大小十五根檩子，二百四十根椽子。五岁的时候我就数过，师傅看对不对？"老师傅轻轻地点了一下头。

老师傅接着问："一件手艺，有的人三个月就能学会，有的人得三年才能学会。学三个月和学三年，有什么不同？"鲁班想了想才回答："学三个月的，手艺扎根在眼里；学三年的，手艺扎根在心里。"老师傅又轻轻地点了一下头。

老师傅最后提出第三个问题："两个徒弟学成了手艺下

山去，师父送给他们每人一把斧子。大徒弟用斧子挣下了一座金山，二徒弟用斧子在人们心里刻下了一个名字。你愿意跟哪个徒弟学？”鲁班马上回答：“愿意跟第二个学。”老师傅听了哈哈大笑。

老师傅说：“好吧，你都答对了，我就把你收下。向我学艺，就得使用我的家伙，可这些家伙，我已经五百年没用过了，你拿去修理修理吧。”

鲁班把木箱里的家伙拿出来一看，斧子崩了口子，刨子长满了锈，凿子又弯又秃，都该拾掇拾掇了。他挽起袖子，就在磨刀石上磨起来。他白天磨，晚上磨，磨得膀子都酸了，磨得两手起了血泡，又高又厚的磨刀石，被磨得像一道弯弯的月牙。他一直磨了七天七夜，斧子磨锋利了，刨子磨光了，凿子也磨出刃来了，一件件都闪闪发亮。他一件一件送给老师傅看，老师傅看了不住地点头。

老师傅说：“试试你磨的这把斧子，你去把门前那棵大树砍倒。那棵大树已经长了五百年了。”

鲁班提起斧子走到大树下。这棵大树可真粗，几个人都抱不过来；抬头一望，快要顶到天了。他抡起斧子不停地砍，足足砍了十二个白天十二个黑夜，才把这棵大树砍倒。

鲁班提起斧子进屋去见师傅。老师傅又说：“试试你磨的这把刨子，你先用斧子把这棵大树砍成一根大柁，再用刨子把它刨光。要光得不留一根毛刺儿，圆得像十五的月亮。”

鲁班转过身，拿起斧子和刨子来到门前。他一斧又一斧地砍去了大树的枝，一刨又一刨地刨平了树干上的节疤，足足干了十二个白天十二个黑夜，才把那根大柁刨得又圆又光。

鲁班拿起斧子和刨子进屋去见师傅。老师傅又说：“试试你磨的这把凿子，你在大柁上凿两千四百个眼儿，六百个方的，六百个圆的，六百个棱的，六百个扁的。”

鲁班拿起凿子和斧子，来到大柁旁边就凿起来。他凿了一个眼儿，又凿一个眼儿，只见一阵阵木屑乱飞。足足凿了十二个白天十二个黑夜，两千四百个眼儿都凿好了：六百个方的，六百个圆的，六百个棱的，六百个扁的。

鲁班带着凿子和斧子去见师傅。老师傅笑了，夸奖鲁班说：“好孩子，我一定把全套手艺都教给你！”说完就把鲁班领到西屋。原来西屋里摆着好多模型，有楼有阁有桥有塔，有桌有椅有箱有柜，各式各样，精致极了，鲁班眼睛都看花了。老师傅笑着说：“你把这些模型拆下来再安上，每个模型都要拆一遍、安一遍，自已专心学，手艺就学好了。”

老师傅说完就走出去了。鲁班拿起这一件，看看那一件，一件也舍不得放下。他把模型一件件擎在手里，翻过来倒过去地看，每一件都认真地拆三遍、安三遍。每天饭也顾不得吃，觉也顾不得睡。老师傅早上来看他，他在琢磨；晚上来看他，他还在琢磨。老师傅催他睡觉，他随口答应，可是不放下手里的模型。

鲁班苦学了三年，把所有的手艺都学会了。老师傅还要试试他，把模型全部毁掉，让他重新制造。他凭借记忆，一件一件都造得跟原来的一模一样。老师傅又提出好多新模型让他造。他一边琢磨一边做，结果都按老师傅说的式样做出来了。老师傅非常满意。

一天，老师傅把鲁班叫到跟前，对他说："徒弟，三年过去了，你的手艺也学成了，今天该下山了。"鲁班说："不行，我的手艺还不精，我要再学三年！"老师傅笑笑，说："以后你自己边做边学吧。你磨的斧子、刨子、凿子，就送给你了，你带去使吧！"

鲁班舍不得离开师父，可是知道师父不肯留他了。他哭着说："我给师父留点什么东西呢？"老师傅又笑了，他说："师父什么也用不着，只要你不丢师父的脸，不坏师父的名声就足够了。"

鲁班只好拜别了师父，含着眼泪下山了。他永远记着师父的话，用师父给他的斧子、刨子、凿子，给人们造了许多桥梁、机械、房屋、家具，还教了不少徒弟，留下了许多动人的故事，所以后世的人尊称他为木工的祖师。

宝莲灯

中国有东岳泰山、南岳衡山、西岳华山、北岳恒山、中岳嵩山五座名山。却说那西岳华山，有东峰朝阳、南峰落雁、西峰莲花、北峰云台、中峰玉女五座山峰，如花瓣般盛开在关中大地上，煞是美丽，所以当初人称花山，后来又被叫作华山。

掌管华山的神仙是一位如花般美丽、如水般温柔的仙女——华山三圣母娘娘。这三圣母住在莲花峰顶的圣母殿里，身边有一盏王母娘娘赠的镇山之宝——宝莲灯。

只要宝莲灯显威，不管哪路妖魔、哪方神仙，都会束手就擒，或逃之夭夭。不过三圣母仁慈，常常不辞辛苦，用神灯指引进山迷路或陷入危难的人。

这天，大雪纷飞，游人、香客全无。三圣母正独自在殿上轻歌曼舞，忽见一人跨进庙来。她急忙登上莲花宝座，化为一尊塑像。进来的是位进京赶考的年轻书生，叫刘彦昌，因路遇大雪，想进庙避避。谁知他刚跨进大殿，就被三圣母的塑像深深地吸引了。可惜，这是一尊没有血肉、没有情感和知觉的塑像！

刘彦昌怀着深深的遗憾，抑制不住内心的爱慕之情，取出笔墨，龙飞凤舞地在大殿的白壁上题诗一首：

只疑身在仙境游，人面桃花万分羞。
咫尺刘郎肠已断，寻她只在梦里头。

三圣母默默地凝视着刘彦昌，心里十分矛盾：眼前这位年轻书生多么英俊、潇洒、有文采，又对自己满怀深情，自己又何尝不喜欢他呢？可是，一个上界仙女，一个下界凡人，又怎能缔结姻缘？

雪停了，三圣母目送惆怅离去的年轻人，心中也依依不舍。

再说刘彦昌，离开圣母殿之后没走多远，山中忽然起了大雾，让他寸步难行，而且四面又传来狼嗥虎啸。三圣母为单身行路的书生担忧，连忙提着宝莲灯出门观看，只见大雾茫茫一片。突然下面传来呼救声，原来一头猛虎正向刘彦昌扑去。三圣母赶紧用神灯一照，立刻云消雾散，猛虎也受惊逃走了。刘彦昌认出救他的正是三圣母娘娘。二人四目相对，终于走到了一起。

婚后，两人恩爱无比。后来，刘彦昌考期临近，三圣母已有身孕。上路赶考前，刘彦昌赠三圣母一块祖传沉香，说日后生子可以“沉香”为名。二人十里相送，难舍难分。

天下没有不透风的墙，三圣母私嫁凡人的消息终于让她的哥哥二郎神知道了。这二郎神性情专横，头脑古板，觉得妹妹私自下嫁凡人，不但犯了天规，而且败坏门风，害得他在天庭丢脸。他怕玉帝一旦问罪，自己会受牵连，就毫不犹豫地点起天兵天将，放出哮天犬，直奔华山兴师问罪。

兄妹俩话不投机，动起手来。好在三圣母有宝莲灯护身，二郎神总近不了她的身。但打着打着，三圣母忽觉腰酸腹痛。她刚一踉跄，一旁的哮天犬猛地冲上来，一口咬住了宝莲灯。三圣母失去了宝莲灯，一下子就被二郎神捉住了。二郎神命三圣母打消凡心，三圣母坚决不从。二郎神气得“哇呀呀”怪叫，一掌把三圣母打入莲花峰下的黑云洞里，让她永远不得出来。

三圣母在暗无天日的黑云洞里生下儿子沉香。为防不测，她写下血书放入孩子怀中，又托付土地公：一个月后在圣母殿里，将孩子交给前来朝山的刘彦昌。

再说上京赶考的刘彦昌一举金榜题名，被任命为扬州巡抚。他走马上任前，特来华山见三圣母。谁知圣母殿里积满灰尘，四面蛛网，满目凄凉。再看三圣母塑像，虽说容貌依旧，却好像面带愁容，神色忧伤。

刘彦昌正在低头难过，忽然吹来一阵香风，他听到有孩子的哭声。刘彦昌猛一抬头，见香案上躺着个婴儿，正蹬手蹬脚地哭呢。他连忙上前抱了起来，原来是个男婴，脖子上挂着沉香，怀里还揣着血书。

刘彦昌读完血书，泪如雨下，原来三圣母遭此大难，眼前的男婴就是自己的儿子！

刘彦昌哭着把沉香带回扬州，雇了奶妈，把孩子留在自己身边细心抚养。沉香一天天长大，聪明伶俐，身强体壮，也渐渐地懂事了。

十三岁那年，沉香偶然在父亲的箱柜里翻出血书，才知道母亲被压在华山底下。他一心想救出母亲，但父亲对此总是摇头叹气。一天，沉香实在忍不住了，就带了血书，不辞而别，独自上华山救母。

沉香走啊走，磨破了脚掌，吃尽了千辛万苦，终于走到了华山。可是，母亲在哪里呢？

他放声大哭，悲惨的哭喊声在山谷中回荡，惊动了过路的霹雳大仙。好心的大仙看了血书，深为善良的三圣母和苦难的孩子抱不平。霹雳大仙想了想，就答应带沉香去救母亲。

沉香催大仙赶紧上路。于是，大仙在前面行走如飞，沉香在后面紧紧相随，不敢落下半步。

走着走着，前面出现了一条大河，只见霹雳大仙一飘就过去了。河上没有桥，也没有船，但沉香想也没想，就奋不顾身地跳下河，想游过去追赶大仙。谁知这条河不是一般的河，而是天河。沉香跳到天河里，被天河水一冲洗，很快脱胎换骨，变得力大无比。

霹雳大仙又告诉他：前面山里锁着一把宝斧，有了宝斧才能劈开华山。沉香直奔过去，只见那里燃烧着烈火，一团团火焰直往外蹿。沉香一心取宝斧，什么也顾不上了，纵身就往烈火里跳。谁知里面并没有火，只见一把宝斧被锁在山崖上，闪耀着红光。沉香一步跨了过去，扭断锁链，取下宝斧。

有了神力和宝斧，沉香谢过霹雳大仙，再上华山救母。他来到华山黑云洞前，大声呼唤娘亲。他的呼唤声穿透重重岩层，传入三圣母的耳中。

三圣母知道儿子来救自己，激动不已。但她知道哥哥二郎神神通广大，连当年大闹天宫的孙悟空也败在他的手中。沉香年幼，二郎神又抢去了宝莲灯，儿子哪里是他的对手呢？无奈之下，三圣母叫儿子不要轻举妄动，还是去向舅舅求情。

沉香来到二郎神庙，向舅舅二郎神苦苦哀求。谁知二郎神铁石心肠，非但不肯放出三圣母，反而舞起三尖两刃刀，劈头向沉香砍来。

沉香怒不可遏，觉得二郎神欺人太甚，便抡起宝斧，迎了过去。二人云里雾里，刀来斧往，山里水里，变龙变鱼，从天上杀到地下，从人间杀到天庭，直杀得地动山摇，翻江倒海，天昏地暗。

这件事惊动了天上的太白金星，他派四位仙姑前去看个究竟。四位仙姑站在云端看了一会儿，觉得二郎神身为舅舅，如此凶狠地对待外甥，太无情无义了。于是，她们相互一使眼色，暗中助沉香一股神力。沉香愈战愈勇，二郎神再也招架不住，只得落荒而逃，宝莲灯也落到了沉香的手中。

沉香立即赶回华山，来到黑云洞前。只见他抡起宝斧，猛劈过去。只听得“轰隆隆”一声巨响，华山裂开了。受了整整十三年苦难的三圣母重见天日，和儿子紧紧地拥抱在一起。

一幅壮锦[①]（壮族）

古时候，大山脚下有一块平地，平地上有几间茅屋，茅屋里住着一位妲布[②]。她的丈夫死去了，留下三个孩子，老大叫勒墨，老二叫勒堆厄，最小的叫勒惹[③]。

妲布织得一手好壮锦，锦上织的花草鸟兽活鲜鲜的，人家都买她的壮锦来做背带心、被窝面、床毡子。一家四口，就靠妲布的一双手挣钱过日子。

有一天，妲布拿着几幅壮锦到集市上去卖，看见店铺里有一张五彩的画，画得很好。画上有高大的房屋、漂亮的花园、大片的田地，有果园、菜园和鱼塘，还有成群的牛羊鸡鸭。她看了又看，心头乐滋滋的，本来卖锦得的钱打算全都用来买米

①壮族人民喜爱的一种有彩色花纹和图案的丝织品，是壮族地区的特产之一。
②壮语，老妇人。
③壮语，勒墨即长子，勒堆厄即次子，勒惹即幼子。

的，但因为爱这张画，就少买了一点米，把画买了下来。

在回家的路上，妲布几次坐在路边打开画来看。她自言自语地说："我能生活在这么美的一个村庄里就好了！"

回到家，她把图画打开给儿子们看，儿子们也看得笑嘻嘻的。

妲布对大仔说："勒墨，我们最好住在这么一个村庄里啊！"

勒墨撇撇嘴说："阿咪[①]，做梦吧！"

妲布对二仔说："勒堆厄，我们住在这么一个村庄里才好啊！"

勒堆厄也撇撇嘴说："阿咪，下辈子吧！"

妲布皱着眉头对小仔说："勒惹，不能住在这样一个村庄里，我会闷死的！"说完，她长长地叹了一口气。

勒惹想了一下，安慰母亲说："阿咪，您织锦织得很好，锦上的东西活鲜鲜的，您最好把这张图画织在锦上，经常看着它，就和住在美丽的村庄里一样了。"

妲布想了一会儿，咂咂嘴说："你说得很对，我就这样做吧！不然我会闷死的。"

妲布买来五彩丝线，摆正布机，依照图画织起来。

---

①壮语，即妈妈。

妲布织了一天又一天，织了一月又一月。

勒墨和勒堆厄很不满意妈妈这样做，他们常拉开她的手说："阿咪，您总织不卖，专靠我们砍柴换米吃，我们太辛苦了！"

勒惹对大哥、二哥说："让阿咪织吧，她不织会闷死的。你们嫌砍柴辛苦，由我一个人去砍好了！"

于是一家人的生活，就由勒惹不分日夜地上山砍柴来维持。

妲布也不分日夜地织锦。晚上，她就燃起油松来照亮。油松的烟很大，把妲布的眼睛熏坏了，可是妲布还是不肯歇手。一年以后，妲布的眼泪滴在锦上，她就在眼泪上织起了清清的小河，织起了圆圆的鱼塘。两年以后，妲布的眼睛流出血滴在锦上，她就在血滴的位置上织起了红红的太阳，织起了鲜艳的花朵。

织呀织，一连织了三年，这幅壮锦才织成功。

这幅壮锦真美丽呀！

几间高大的房子，蓝的瓦，青的墙，红的柱子，黄的大门，门前是一座大花园，开着鲜艳的花朵。花园里有鱼塘，金鱼在塘里摆尾巴。房子左边是一座果园，果树上结满了红红的果子，也有各种各样的飞鸟；房子右边是一座菜园，园里满是青青的菜、黄黄的瓜；房子后面是一大片草地，草地上有牛羊棚、鸡鸭笼，牛羊在草地上吃草，鸡鸭在草地上啄虫。离房子不远的山脚下，有一大片田地，田地里满是金黄的玉米和稻谷。清清的河水在村前流过，红红的太阳挂在天上。

“啧啧，这幅壮锦真美丽啊！”三个孩子赞叹着。

妲布伸一伸腰，擦着红红的眼睛，咧开嘴巴笑了，笑得好痛快。

忽然，一阵大风从西方刮过来，“呼啦”一声，把这幅壮锦卷出大门，卷上天空，一直朝东方飞去了。

妲布赶忙追了出去，摇摆着双手，仰着头大喊：“啊呀，转眼壮锦不见了！”

说完，妲布便昏倒在大门外。

三兄弟把妈妈扶回来，让她躺在床上，给她灌了一碗姜汤，她才慢慢醒过来。她对长子说：“勒墨，你去东方寻回壮锦来，它是阿咪的命根啊！”

勒墨点点头，穿起草鞋，向东方走去，走了一个月，到了大山隘口。

大山隘口有一间石头砌的屋子，屋子右边有一匹大石马，石马张开嘴巴，想吃身边一蔸[①]红红的杨梅果。屋门口坐着一位白发老奶奶，她看见勒墨走过，就问他：“孩子，你去

①此处在壮族方言中为量词，为一棵或一丛植物之称。

哪里呀？”

勒墨说：“我去寻一幅壮锦，是我妈妈织了三年的东西，被大风刮往东方去了。”

老奶奶说：“壮锦被东方太阳山的一群仙女要去了。她们见你妈妈的壮锦织得好，要拿去做样子。到她们那里可不容易呢！先要把你的牙齿敲落两颗，放进我这大石马的嘴巴里，大石马有了牙齿，才会活动，才能吃身边的杨梅果。它吃了十颗杨梅果，你跨上它的背，它就驮你去太阳山。在路途中要经过大火熊熊的发火山，石马钻进火里，你得咬紧牙根忍耐，不能喊痛。只要喊一声，就会被烧成火炭。越过了发火山，就到了汪洋大海，海里风浪很大，会夹着冰块向你身上冲来。你得咬紧牙根忍耐，不能打冷战；只要打一个冷战，浪头就会把你埋入海底。渡过汪洋大海，就可以到达太阳山，问仙女要回你母亲的壮锦了。”

勒墨摸摸自己的牙齿，想想大火烧身，想想海浪冲击，脸色唰地青了起来。

老奶奶望望他的脸，笑笑说：“孩子，你经受不起苦难，不要去吧！我送你一盒金子，你回家好好生活吧。”

老奶奶从石屋里拿出一小铁盒金子交给勒墨，勒墨接过小铁盒，回身走了。

勒墨一路往家走，一路想：“有这一盒金子，我的生活就好过了，可不能拿回家呀！四个人享用，哪有一个人享用那么舒服呢？”想着想着，他决定不回家了，转身向一个大城市走去。

妲布因病身体变得瘦弱起来，她躺在床上等了两个月，不见勒墨回家，便对第二个儿子说：“勒堆厄，你去东方寻回壮锦吧，那幅壮锦是阿咪的命根啊！”

勒堆厄点点头，穿起草鞋，向东方走去。走了一个月，到了大山隘口，又遇着老奶奶坐在石屋门口。老奶奶又照样对他说了那番话，勒堆厄摸摸牙齿，想想大火烧身，想想海浪冲击，脸也唰地青了。

老奶奶交给他一小铁盒金子，他拿着小铁盒，也和大哥的想法一样，不肯回家，向着大城市走去。

妲布病在床上，又等了两个月，身体瘦得像一根干柴棒。她天天望着门外哭，哭呀哭，眼睛就哭瞎了，看不见东西了。

有一天，勒惹对妈妈说：“阿咪啊，大哥、二哥不见回来，大约在路上遇到了什么不好的事情。我去吧，我一定把壮锦寻回来！”

妲布想了一下，说：“勒惹你去吧，一路上留心自己的身体啊！邻居会照顾我的。”

勒惹穿起草鞋，挺起胸脯，大踏步地向东方走去，只消半个月就到了大山隘口，在这里也遇见了坐在石屋门前的老奶奶。

老奶奶照样对他说了一番话，接着说："孩子，你大哥、二哥都拿一小盒金子回去了，你也拿一盒回去吧！"

勒惹拍着胸脯说："不，我要去找回壮锦！"他随即拾起一块石头，敲下自己的两颗牙齿，把牙齿放在大石马嘴里。大石马活动起来，伸嘴就吃了杨梅果。勒惹看它吃了十颗，即刻跳上马背，抓住马鬃毛，两腿一夹，石马仰起头长嘶一声，便飞快地向东方跑去。

跑了三天三夜，到了发火山，红红的火焰向他们扑过来，火烫着皮肤，吱吱地响。勒惹伏在马背上，咬紧牙根忍受着，约莫半天才越过发火山。接着，他们又跳进汪洋大海里，海浪夹着大冰块冲击过来，打得他又冷又痛。勒惹伏在马背上，咬紧牙根忍受着。半天工夫，马跑到了对岸，这里就是太阳山了。太阳暖烘烘地照在勒惹的身上，好舒服啊！

太阳山顶上有一座金碧辉煌的宫殿，里面飘出女子的歌唱声和欢笑声。

勒惹把两腿一夹，石马四脚腾空跃起，转眼到了宫殿的门口。勒惹跳下马来，走进大门，看见一大群美丽的仙女围在厅堂里织锦，阿咪的壮锦摆在中间，大家正依照它来学着织。

她们一见勒惹闯进来，吃了一惊。勒惹说明了来意，一个仙女说："好，我们今晚就可以织完了，明天早上还给你。请你在这里等一晚吧！"

勒惹答应了。仙女拿了许多仙果给他吃，仙果味道真好啊！

勒惹经过长途跋涉，身体很疲倦，靠在椅子上呼呼地睡着了。

夜里，仙女们在厅堂里挂起一颗夜明珠，把厅堂照得明亮亮的，她们就连夜织锦。

有一个穿红衣的仙女，手脚最伶俐，她首先织完。她把自己织的和妲布织的一比，觉得妲布织的好得多：太阳红耀耀的，鱼塘清溜溜的，花朵嫩鲜鲜的，牛羊活灵灵的。

红衣仙女自言自语地说："我若是能够在这幅壮锦上生活就好了！"她看见别人还没有织完，便顺手拿起丝线，在妲布的壮锦上绣上自己的像。画中的她站在鱼塘边，看着鲜红的花朵。

勒惹一觉醒来，已经到了深夜，仙女们都回房睡觉了。在明亮的珠光下，他看见阿咪的壮锦还摆在桌子上，他想："明天她们若是不把壮锦还给我，我该怎么办呢？阿咪病在床上很久了，不能再拖延了啊，我还是拿起壮锦连夜走吧！"

勒惹站起身，拿起阿咪的壮锦，将它折叠起来，藏在贴胸衣袋里。他走出大门，跨上马背，两腿一夹。石马趁着月光，飞快地跑了。

勒惹咬紧牙根，伏在马背上，渡过了汪洋大海，翻过了喷火高山，很快又回到了大山隘口。

老奶奶站在石屋前，笑哈哈地说："孩子，下马吧！"

勒惹跳下马来，老奶奶从马嘴里扯出牙齿，安进勒惹的嘴里，石马又站在杨梅树边不动了。

老奶奶从石屋里拿出一双鹿皮鞋，交给勒惹说："孩子，穿起鹿皮鞋快回去吧，阿咪快要死了！"

勒惹穿起鹿皮鞋，两脚一蹬，瞬间就到了家。他看见阿咪躺在床上，瘦得像一根干柴，有气无力地哼着，真的快要死了。

勒惹走到床前，喊一声"阿咪"，就从胸口的衣袋里拿出壮锦，在阿咪面前一展。那耀眼的光彩立刻把阿咪的眼睛照亮了，她一骨碌从床上爬起来，笑眯眯地看着她亲手织了三年的壮锦，说："孩子，茅屋里墨黑墨黑的，我们拿到大门外的太阳光下看吧。"

娘儿俩走到门外，把壮锦铺展在地上，一阵香风吹来，壮锦慢慢地伸长、伸宽，把几里的平地都铺满了。

妲布原来住的茅屋不见了，变成了几间金碧辉煌的大房子，周围是花园、果园、菜园、田地、牛羊，与锦上织的一模一样，妲布和勒惹就站在大房子门前。

忽然，妲布看见花园里的鱼塘边有个红衣姑娘在那里看花，妲布急忙走过去问，姑娘说她是仙女，因为把自己的像绣在壮锦上面，就被带来了。

妲布把仙女邀进屋里，共同住下。

后来，勒惹和这个美丽的仙女结了婚，过着幸福的生活。

妲布又邀请附近的穷人也来这个村庄里居住，因为她在病中得到了他们的照顾。

有一天，村旁来了两个叫花子，他们就是勒墨和勒堆厄。他们得了老奶奶的金子，跑到城里去大吃大喝，不久金子便用完了，只得做叫花子靠乞讨过活。

他们来到这个美丽的村庄，看见阿咪和勒惹夫妻在花园里快快乐乐地唱歌，又想起过去的事情，没脸进去，拖起乞讨杖跑了。

牛郎织女

相传很久很久以前，人间和仙境只隔着一条宽阔的银河。人间在东岸，仙境在西岸。玉皇大帝和其他神仙能渡过银河，下凡来到人间，可是凡人却永远不能渡过美丽、神秘的银河来到仙境。

仙境中有很多年轻、漂亮的仙女，她们都是王母娘娘的外孙女儿。其中有一位长得尤为美丽动人，而且这位仙女心灵手巧，能织出天上最好看的云锦天衣。天衣的颜色可以随着季节和气候的转变而不断变幻，因此仙境的人都称她为织女。

银河的东岸，住着一位以放牛为生的青年，大家都叫他牛郎。牛郎为人忠厚老实，父母双亡后，他被哥哥嫂嫂赶出家门，只有家中的一头老牛与他相依为命。他每天辛辛苦苦地劳动，想用自己勤劳的双手建立一个美满、幸福的家。

一天，老牛突然开口说话了。它告诉牛郎：“你年纪不小了，应该娶个媳妇了。明天天上的仙女要到银河里洗澡，你可以趁她们下水的时候，偷拿一件仙女留在岸上的衣裙。这件衣裙的主人会成为你的媳妇。”牛郎听了十分惊异。

第二天，牛郎躲在河边的草丛里，果然看见无数仙女飘然而至。待仙女们脱衣下水后，牛郎慌慌张张地拿起了一件衣裙。顿时，河中一片混乱。仙女们赶紧穿上衣裙，匆匆忙忙地回到仙境。河中只留下织女，牛郎拿的正是她的衣裙。牛郎恳求织女嫁给他。织女看牛郎十分诚恳，就点头答应了。

两人以老牛为证婚人，拜天地成了亲。婚后两人相亲相爱，过着男耕女织的美满生活，还生了一双儿女。但是，好景不长，织女私自下嫁凡人的事，很快被玉皇大帝和王母娘娘知道了。他们大为震怒，急令天神立即将织女从人间带回天庭，罚她日日织布，不得离开天庭半步。

天神闯进牛郎的家，抓住织女就走。牛郎和两个孩子紧紧抱住织女不放。织女泪如泉涌，苦苦哀求天神，不要拆散他们一家。天神哪里肯听，一把推倒牛郎和孩子，强行把织女拖走了。牛郎和一双儿女哭成了泪人。

这时，老牛又开口说话了：“牛郎，我快要死了。我死之后，你剥下我的皮披在身上，就可以蹚过银河找织女了。”

说完，老牛果真死了。牛郎含泪剥下牛皮，又找来扁担和两只箩筐，一头放着儿子，一头放着女儿，挑起担子，披上牛皮，立刻腾云驾雾地走进了茫茫银河。

银河广阔无边，波涛滚滚。一家三口边哭边找，悲惨的呼喊声穿透云霄，震撼天庭。织女听到儿女的哭喊，不顾一切地挣脱束缚，向牛郎他们奔去……

这一切被王母娘娘看在眼里，恨在心上。她恼怒地从脑后拔下一根金簪，在空中一划。顿时，织女和牛郎被阻隔在银河两岸，望眼欲穿，痛苦不堪。

织女思念牛郎和一双儿女，日夜哭泣，无心织布。玉皇大帝没有办法，就规定每年农历七月初七，由喜鹊在银河上搭一座鹊桥，让牛郎、织女全家相见一次。

从此，农历七月初七这天，人间很少见到喜鹊，据说都到银河上搭鹊桥去了。

白蛇传

传说四川峨眉山的一个山洞里，住着一条修炼了一千年的白蛇和一条修炼了八百年的青蛇。她们虽是蛇精，却心地善良，从不和人作对。

一天，白蛇和青蛇耐不住洞中的寂寞，就瞒着师父黎山老母，变作两位美丽的姑娘，一个叫白娘子，一个叫小青，来到人间天堂杭州游玩。

两人正在西湖断桥边看荷花，忽然间乌云密布，电闪雷鸣，一场倾盆大雨眼看就要泼下来。白娘子和小青既没带伞，又不便在众人眼皮底下变回真身，正着急，一位老实的后生走上前来说："两位小娘子用我的伞吧。"两人感激不尽，约好明天到他宅上还伞。

第二天，白娘子和小青按后生留下的地址找到钱塘门，才知后生姓许名仙，父母双亡，寄住在姐姐家，现在一家药店当伙计。白娘子见许仙忠厚老实，心地善良，有意和他结为夫妻。

许仙当然打心眼里高兴，当时便由小青撮合，二人结为夫妻。许仙成家后搬出姐姐家，和白娘子在西湖边开了一家药店。由于许仙人缘好，手脚勤快，白娘子神通广大，什么草药都找得到，他们的药店生意越来越红火。

一天，许仙正在柜台里做生意，门外进来一个化缘的和尚。那和尚一见许仙，忙说：“阿弥陀佛，贫僧是镇江金山寺住持法海。今见施主面带妖气，想必家里有妖怪！”

许仙大吃一惊，说：“我家中只有妻子和她的妹妹，哪来的妖怪？”

“既然如此，”法海道，“可能你那妻子就是妖怪。你先不要声张，等端午节时引她喝下一杯雄黄酒，一切便知。日后有事，可到金山寺找我。”

端午节那天，白娘子在丈夫的勉强下喝了一口雄黄酒，马上感觉头昏眼花，忙叫小青扶她回房休息。隔了好一会儿，许仙不见白娘子动静，就进房掀帐一看，只见一条水桶粗的白蛇横在床上，浑身冒着酒气。许仙当场吓得“哎呀”一声，仰面跌倒在地，死了。

许仙的惊叫声唤醒了白蛇。她道行很深，马上又变成了人形。看见许仙被吓死了，白娘子慌了手脚，连忙和小青一起把许仙抬上床，说："妹妹，我只有上灵山盗来灵芝草，才能救活官人。"小青忙阻拦道："姐姐，你现在已有身孕，这一去凶多吉少哇！""管不了那么多了。我去了！"说罢，白娘子驾起云头，直奔灵山。

守护灵芝草的灵山鹿兄鹤弟可不是省油的灯。他俩仗剑拦住已盗得仙草的白娘子，三人战在一处。白娘子无心恋战，只求尽快脱身离去，加上自己已有身孕，战斗力大打折扣，斗了几十个回合，早已是脸红心跳，披头散发，但为了救丈夫的命，她还是发狠苦斗。

"住手！"随着一声断喝，只见山主南极仙翁缓缓走上前来。白娘子自知理亏，赶忙上前拜见。南极仙翁一声长叹："你尘缘未了，该此一劫。快快去吧。"白娘子大喜，拜了三拜，一阵风似的赶了回来。

吃了灵芝草，不一会儿，许仙就慢慢地睁开了眼睛。白娘子长吁了一口气。许仙一见白娘子，吃惊地喊道："你……你……"白娘子连忙安慰他："官人，刚才你看见的白蛇已被我杀死了，我扶你去看看。"许仙看见一条水桶粗的白蛇被杀死在院里，将信将疑。一天，他假托要到镇江金山寺还愿，就一个人动身去了。

法海一见许仙，便说："施主，你脸上的妖气更重了。"

许仙十分疑惑："可我的妻子和常人相比并没什么两样啊！"法海道："那是她道行深的原因。施主放心，不出一个月，老僧定会将她捉住，镇在宝塔下面，叫她永远不能再迷惑人。"

许仙一听这话，想起妻子的温柔体贴和万般好处，忙说："老法师，谢谢你的好意。不管你怎么说，我都不相信我妻子是妖怪。今后我们夫妻俩的事，不劳你烦心了。"说着便要离开。法海让徒弟拦住许仙，说："施主现在不能走，否则你会越陷越深。"法海硬把许仙留在了金山寺。

过了几天，白娘子见丈夫还没回家，心中不安，便和小青一起到镇江金山寺来寻许仙。法海手持金钵，拦住二人道："大胆妖怪，竟敢寻上门来。真是天堂有路你不走，地狱无门你偏行。"

小青圆睁双眼喝道："老秃驴，快把我姐夫放出来，万事皆休，否则踏平你这鬼寺！"法海一听，火冒三丈，大红袈裟一飘，舞动禅杖，和小青斗在一起。

白娘子因道行不及法海，又有孕在身，忙拔下金钗，迎风一晃，转眼滔滔江水汹涌而来，把金山寺团团困住。一群虾兵蟹将舞刀弄棒，杀上金山寺。

法海大吃一惊，慌忙脱下袈裟，向空中一甩，罩住金山寺。结果洪水涨高一尺，金山寺就升高一尺，洪水总是淹不掉金山寺。双方僵持了好几个时辰，最后白娘子只好退掉洪水，返回杭州。

白娘子水漫金山，许仙终于明白妻子并非人类。说来奇怪，许仙这时反倒踏实了，觉得妻子比许多人更可爱，更温柔善良。

一天，他趁法海不注意，偷偷跑出金山寺，赶回杭州。白娘子不在家，他赶到他们第一次见面的断桥，看见白娘子和小青正坐在一条船上。

小青一见许仙，劈头就问："你还有脸来？你怎么不带秃驴一道来捉我们？"白娘子也说："官人，你我夫妻一场，你总知道我的为人……"说着说着，眼泪忍不住流了下来。

许仙非常难受，诚恳地说："娘子，是我一时糊涂，我对不起你。"于是三人和好如初，一同回家。

几个月后，白娘子生下了一个白白胖胖的儿子，全家都高兴得合不拢嘴。儿子满月这天，许仙正高高兴兴地办宴席，谁知法海又手持金钵找上了门。

许仙忙说："老法师，我妻子到底是人是妖，是好是坏，我比谁都清楚。我很爱她，她也很爱我，请你不要再破坏我们的幸福了。"

法海道："阿弥陀佛，施主。不管她如何变化，她总是蛇精，是蛇精就一定会害人。老僧这是为你好。"说着便闯进门来，悬起金钵，对准白娘子罩来。可怜白娘子正在坐月子，无力反抗。

小青正要冲过来与法海拼命，白娘子急忙喊道："小青快逃！他不敢杀我。你练好本领再来救我，快走！"金钵罩住了白娘子，法海把她压到西湖边的雷峰塔下，自己也在西湖边的净慈寺住了下来。

小青逃回峨眉山，苦练十八年后，信心百倍地来净慈寺找法海报仇。二人斗了几十回合，法海毕竟年纪大了，只有招架之功，哪有还手之力。小青越战越勇，忽见她手起剑落，刺向附近的雷峰塔。只听"轰隆"一阵巨响，雷峰塔倒了下来，白娘子又恢复了人形，上来夹攻法海。

法海慌不择路，一个金蝉脱壳，跳进西湖，躲进一只螃蟹的硬壳里。据说，至今人们还能在螃蟹壳里看到缩成一团的老法海呢。

许仙和白娘子、小青又见面了，他还带来了已长成英俊小伙的儿子。一家人紧紧地抱在一起，流下了幸福的泪水。

梁山伯与祝英台

浙江上虞有个祝员外，老来得女，将女儿视若掌上明珠，取名祝英台。祝英台从小聪明伶俐，不仅对女孩子家的针线活样样精通，就是读书识字，也比一般男孩子强得多。到了十几岁，家乡附近再也找不出可以教她的老师了，她就吵着要到杭州的书院去读书。

二老哪里舍得，更不放心让她一个女子孤身出远门，但架不住她死缠硬磨、撒娇耍赖，二老只得松口，条件是她必须女扮男装，因为当时女儿家轻易抛头露面是要遭人笑话的。于是，祝英台脱下女儿装，换上书生服，带了个贴身书童就上路了。

祝英台要去的杭州万松书院名气很大，有许多慕名前来的学生。其中有个从宁波来的梁山伯，不但长得眉清目秀，而且学习十分刻苦，才华横溢，人又特别忠厚老实，祝英台对他很有好感。

说来也巧，老师把他俩安排在同一寝室，这让祝英台又喜又忧。好在祝英台心细，平时非常注意，加上梁山伯憨厚老实，一切都还正常，没露出什么马脚。

祝英台每晚睡觉前都要在她和梁山伯的床中间放一口箱子，箱子上放一碗水，并告诫梁山伯不要乱动，不能把水打翻。梁山伯觉得很好玩儿，就照办了。所以两人同住三年，梁山伯压根儿不知道祝英台竟是女儿身。

同窗三载，梁山伯和祝英台的友谊一天天加深，但祝英台设下的规矩也越来越多。后来，她觉得不宜再跟梁山伯继续住下去，加上思念父母，就决定告别老师、同学回家去。

梁山伯恋恋不舍，又老实得说不出什么劝阻的话，就闷着头送了祝英台一程又一程。

一路上，祝英台的心情矛盾极了：该不该告诉梁山伯真相呢？不告诉他吧，这书呆子怕是永远也不会知道，自己和他这一别也许就成了永别；告诉他吧，自己一个女儿家又如何开口？再说要是让外人知道，不只会笑掉大牙，还会丢了父母的脸，丢了祝家的脸。

正拿不定主意，祝英台忽见迎面有棵大槐树。她眼珠一转，开口念出一首诗来：

先生门前一棵槐，一对书生出门来。
前面走着梁山伯，后面走着祝英台。
梁山伯与祝英台，前世姻缘配起来。

梁山伯一听忙赞：“贤弟说得真好！我俩能在一起读书三年，能在一个屋子里同住三年，又相处得这么好，的确是姻缘好哇。”祝英台白了他一眼，又继续往前走。看到一朵龙爪花，祝英台又念道：

抬头来看龙爪花，我爹是你丈人家。
低头拾起金豆子，我弟是你小舅子。
低头拾起地骨皮，我妹是你小姨子。

梁山伯听了连连摇头：“贤弟真是个书呆子，跟这些花儿豆儿攀什么亲家。”祝英台气得暗暗咬牙切齿，心里骂梁山伯真不开窍。

两人走过一村又一庄，眼见前面横着一条河，河里有一群鹅，正在追逐戏水，玩得高兴呢。祝英台开口念道：

过了一村又一河，上头游来一对鹅。

雄的前头喳喳叫，雌的后面喊哥哥。

看看雄鹅与雌鹅，好比梁兄你和我。

“唉，”梁山伯不满地说，“贤弟又在开玩笑了，怎么把我比作呆头呆脑的鹅呢？”祝英台见梁山伯是个榆木脑袋，急得赤头紫脸，又不能明白地告诉他。这时候，一位老船工把船靠到岸边来渡梁山伯和祝英台，祝英台又做最后的努力：

对岸驶来一条船，我是岸来你是船。

从来只见船靠岸，何时见过岸靠船。

梁山伯越听越糊涂，心想：“人说我呆，我这贤弟今天怎么比我还呆，尽说些摸不着头脑的话。”

说话间，两人已走了十八里路。祝英台看梁山伯依旧傻乎乎的，只好使出最后一招：“梁兄，送君千里，终有一别，我们就在这里分手吧。不过，临别小弟有句话要对你说，我家有一个和我一胞所生的小九妹，模样、人品、学问也和我不相上下。梁兄如不嫌弃，请快快找人来我家提亲。”

梁山伯高兴得当场就答应了，两人拜了又拜，最后洒泪而别。

梁山伯回去后就忙着考试，考完后他就匆匆赶回家，请父母找媒人去提亲。当梁山伯跟着媒人来到祝英台家，见到的却是恢复女儿装的祝英台。

他恍然大悟，连忙问：“愚兄按约而来，你……没变卦吧？”祝英台的眼泪唰地流了下来：“梁兄，太迟了！一个月前，我父母把我许配给马家了。”

梁山伯悔恨极了，一回家就病倒了，他相思太重，最后眼看就不行了。临死前，梁山伯拉着父母的手，说：“孩儿死后，请二老把孩儿葬在祝家到马家的路上，让孩儿再看一眼英台。”

那天祝英台出嫁，一到梁山伯的墓旁，她就让花轿停下来，自己走出花轿。祝英台对着梁山伯的墓拜了三拜，猛听得“哗啦啦”一阵响，梁山伯的墓门裂开了一条大缝。祝英台趁势纵身一跳，人就进了墓穴。几个丫鬟赶紧去拽，只扯下几片衣角。

随后墓门一合，墓顶飞出两只巨大的五彩蝴蝶，翩翩飞向蓝天。人们都说，它们是梁山伯与祝英台变的。

孟姜女哭长城

相传在两千多年前，一户姓孟的人家和一户姓姜的人家是一墙之隔的好邻居。

有一年春天，孟家老伯伯在自家的菜园里挖了一个小坑，种下一粒葫芦种子。这粒种子很特别，不但表面像珍珠般光滑，而且还有彩色的纹路，闻一闻还有一股清香呢！

这颗葫芦种子埋下后不久，绿色的芽儿就从地里钻了出来。不到一个月，藤蔓便沿着墙爬到隔壁姜家去了。

姜家的人看见这条葫芦蔓爬到了自己院里，便小心地用细竹子搭了一个棚架，让它得到更多的阳光与雨露。

葫芦花儿开了，它引来蝴蝶围着跳舞。

葫芦花儿落了，一颗鲜嫩的小葫芦露出了小脑袋。

葫芦的小脑袋一天一天地大起来。

秋天到了，金黄的葫芦成熟了，两家人都很高兴，他们早就盼着把这只葫芦破成两个瓢，两家各一个，舀米、舀水都行。

两家挑了一个好日子，把葫芦从架子上轻手轻脚地摘下来。哟！这葫芦好沉好沉啊！

剖开一看：啊哈！一个白生生的女娃娃正朝着两家的老人笑呢！

这真是天大的稀奇事，全村都传开了。

面对这么可爱的女娃儿，孟家开口了："这葫芦是我家种的，女娃娃应归我家！"

"葫芦是在我们家院子里养大的，当然是我家的！"姜家说。

为了得到女娃儿，他们决定去打官司。

县官老爷还从来没有判过这样的怪案子。他问明了事由，最后判决："这葫芦里的女娃娃既不姓孟，也不姓姜。本官决定，这个女娃娃取姓孟姜，由两家轮流抚养，不得再争！"

真是皆大欢喜！从此，这个葫芦里长出的女娃娃便被大家唤作孟姜女。

孟姜女轮流在孟、姜两家生活，两家都把她当成亲生的心肝宝贝，因为有了她，两家人又像从前那样和气啦！

孟姜女十八岁时，长成了一个漂亮的大姑娘，就像下凡的仙女。女儿长大了总要嫁人呀，姜家和孟家都希望能找一个好女婿，让女儿过上幸福的日子。

孟老头天天挑能干的小伙子，姜老头日日选忠厚的年轻人。挑啊，选啊，他们最后选中了一个名叫范喜良的好后生。

谁也没有料到，成亲才三天，家里突然闯进两个官府的衙役，把范喜良连拖带拉地绑走了。

原来，秦始皇正在修万里长城，专门挑选年轻力壮的小伙子当民夫。因为工程太大，条件太差，每天都有许多人累死饿死，秦始皇就不断地派人抓民夫。范喜良便被官府看中了，他哪能够逃得过去？

孟姜女恨死了秦始皇。她痛哭一场，发誓要一心一意地等待范喜良修好长城回来团圆。

日子一天天过去，却一点儿也得不到丈夫的消息。她整天在新房里唉声叹气，觉也睡不好，饭也吃不香。一年过去了，仍没有丝毫音讯。

孟姜女对孟老头和姜老头说："我要亲自去找范喜良，找不到他，决不回家！"

他们理解孟姜女的心情，但又劝她："长城离家很远很远，修长城的人那么多，你去哪里找呀？何况你又是个女子……"

"长城就是在天边，山再陡，路再远，我也要找到！"

孟姜女寻找丈夫的决心很大，家里人只好送她上路了。

孟姜女踏上了一段很长、很苦的旅程，披星戴月，风雨兼程。一天傍晚，她好不容易来到了离长城不远的一座山下，脚上磨出了血泡，饥饿难忍，腰也累得伸不直了，便坐在一块大石头上休息。石头被太阳晒了一天，滚烫滚烫的，她也顾不上了；周围的蚊子又一齐向她叮来。她心中有说不尽的苦楚，就伤心地哭了。

她身下坐的大青石听到了她的哭诉："范喜良啊范喜良，我只要看你一眼，死了也甘心！哪怕山再高，路再远，石头再烫，蚊虫再多，我也要见到你哟！"

大青石听了，立即凉了下来，让她休息。

蚊子听了，悄悄地全飞走了，让她安睡。

相传被孟姜女坐过的大青石，至今太阳一落山就立即凉下来，周围一只蚊子也没有。千百年来，这块石头被大家称为"孟姜女石"，是被孟姜女感动的石头啊！

可怜的孟姜女，就这样走了一村又一村，翻了一山又一山，过了一河又一河，终于来到了长城脚下。

"请问，你们认识范喜良吗？"孟姜女沿着曲曲折折的万里长城，向成千上万的民夫一个一个地打听。

"不认识，不认识。""不认识，不认识。"……

她继续找呀，找呀，只要是能找的地方全找遍了。后来她才知道，修长城的人死得太多了！范喜良也早已累死了，但不知被埋在长城脚下的什么地方。

孟姜女听到这个消息，如五雷轰顶，只感到天旋地转，顿时昏死过去。等她再睁开双眼，便号啕大哭起来，撕心裂肺地喊着："喜良，我苦命的夫啊！老天啊，你怎么不长眼啊！"

她哭得天昏地暗，哭得电闪雷鸣，哭得大雨倾盆……

孟姜女的哭声感天动地。她哭到哪里，哪里的城墙便轰隆隆地坍倒下去，几十里、几百里的城墙就这样倒下去了。

这下可急坏了负责修建长城的总管老爷，这样下去，只怕自己的性命也难保了。正当他急得像热锅上的蚂蚁的时候，忽听一声喊："皇上驾到！"

秦始皇亲自来长城巡视，听工程总管报告，有一个名叫孟姜女的女子，到长城来寻夫，丈夫没寻到，竟哭倒了几百里长城。

秦始皇心想："世上竟有如此奇异的女子？"便大喝一声："把孟姜女带来！"

武士像猛虎一般把孟姜女带到秦始皇的面前："启禀皇上，她就是孟姜女！"

秦始皇抬眼一看，呀！好个美貌的女子！比我宫里的后妃都要漂亮嘛！他要孟姜女当后宫的娘娘。

孟姜女恨透了这个要修长城的秦始皇。现在，仇人就在面前，真恨不得咬他一口。但她又转念一想，我要是不答应，他决不会放过我，我何不捉弄他一番呢？于是，她说道："皇上，你要让我当娘娘，必须答应我三个条件。"

"别说是三个条件，就是三百个条件，我也办得到，快说！"

"这第一件，一定要把我丈夫的尸骨找到。"

"行！第二件呢？"

"这第二件，要为我丈夫举行国葬，满朝文武都要为我丈夫送葬。"

"行！快说第三件！"

"这第三件么……"孟姜女转脸看看秦始皇，继续说道，"我要你为他手举幡旗送葬！"

秦始皇一听这第三件，便皱起了眉。他万万没有料到这个小小的女子竟有这样大的口气。堂堂一国之君，怎能为一个普通老百姓送葬？可秦始皇一心想要得到孟姜女，只好答应了。

秦始皇一声令下，士兵们很快在长城脚下找到了范喜良的遗体。发丧那天，葬礼好不隆重。秦始皇举着长幡走在前面，满朝文武大臣穿了孝服跟在后面，孟姜女身着孝服守在灵车边。鼓乐齐鸣，幡旗飘展，大队人马向范家墓地走去。

送葬队伍途经渤海边，孟姜女突然跳下灵车，奔向山崖，面向大海，纵身跳下……

秦始皇气得直咬牙，却毫无办法，干脆命令把范喜良的棺材也扔进大海。

孟姜女和她的丈夫在大海里团聚了……

后来，人们为了纪念孟姜女，在山海关修了座孟姜女庙。如今，到山海关还能见到这座庙呢！

赵州桥的传说

赵州有两座石桥，一座在城南，一座在城西。城南的大石桥，看上去像长虹架在河上，壮丽雄伟。民间传说，这座大石桥是鲁班修造的。

相传，鲁班和他的妹妹鲁姜周游天下，走到赵州，一条白茫茫的洨河拦住了去路。河边上推车的、担担子的、卖葱的、卖蒜的、骑马赶考的、拉驴赶会的，闹闹嚷嚷，都争着过河进城。河里只有两只小船摆来摆去，半天也过不了几个人。鲁班看了，就问："你们怎么不在河上修座桥呢？"人们都说："这河宽，水又深，浪又急，谁敢修呀？打着灯笼也找不着这样的能工巧匠！"鲁班听了，心里一动。他和妹妹鲁姜商量，要为来往的行人修两座桥。鲁班对妹妹说："咱先修大石桥后修小石桥吧！"鲁姜说："行！"鲁班说："修桥是苦差事，你可别怕吃苦啊！”鲁姜说：“不怕！”鲁班说：“不怕就好。你心又笨，手又拙，再怕吃苦就麻烦了。”这一句话把鲁姜惹得不高兴了。她不服气地说：“你甭一直嫌我心笨手拙，今儿个咱俩分开修，你修大的，我修小的，和你赛一赛，看谁修得快，修得好。”鲁班说：“好，赛吧！什么时候动工，什么时候修完？”鲁姜说：“天黑出星星动工，鸡叫天明收工。”一言为定，兄妹分头准备。

鲁班不慌不忙地往西边的山里走去了。鲁姜到了城西，就急急忙忙地开工动手了。她一边修一边想：一定要超过你。果然，三更没过，她就把小石桥修好了。随后，她悄悄地跑到城南，看看她哥哥修成什么样子了。来到城南一看，河上连个桥影儿也没有，鲁班也不在河边。她心想，哥哥这回输定了。可扭头一看，西边太行山上，有一个人赶着一群绵羊，蹦蹦跳跳地往山下来了。等走近了一看，原来赶“羊”的正是她哥。他赶的哪是羊群呀，赶来的分明是一块块雪花一样白、玉石一样光润的石头。这些石头被送来河边，一眨眼的工夫就变成了加工好的各种石料，有正方形的桥基石、长方形的桥面石、月牙形的拱圈石，还有漂亮的栏板、美丽的望柱。凡是桥上用的，应有尽有。鲁姜一看，心里一惊，这么好的石头造起桥来该有多结实呀！相比之下，自己造的那个不行，需要赶紧想办法补救。重修来不及了，就在雕刻上下工夫超过他吧！她悄悄地回到城西动起手来，在栏杆上刻了盘古开天、大禹治水，又刻了牛郎织女、丹凤朝阳。什么珍禽异兽、奇花异草，都刻得像真的一样。她刻的鸟儿展翅能飞，刻的花儿香味扑鼻。她自己瞅着这些精美的雕刻满意极了，就又跑到城南去偷看鲁班。乍一看，呀！她不禁惊叫了一声——天上的长虹怎么落到了河上？定神再仔细一瞅，原来哥哥把桥造好了，只差安好桥头上的最后一根望柱。她怕哥哥打赌赢了，就跟哥哥开了个玩笑。她闪身蹲在柳树后面，捏住嗓子伸着脖，"喔喔喔——"学了一声鸡叫。她这一叫，引得附近老百姓家里的鸡也都叫了起来。鲁班听见鸡叫，赶忙把最后一根望柱往桥上一安，桥也算修成了。这两座桥，一大一小，都很精美。鲁班的大石桥，气势雄伟，坚固耐用；鲁姜修的小石桥，精巧玲珑，秀丽喜人。

赵州一夜修起了两座桥的事，第二天就轰动了附近的州衙府县。人人看了，人人赞美。能工巧匠来这里学手艺，巧手姑娘来这里描花样。每天来参观的人像流水一样。这件奇事很快就传到了蓬莱仙人张果老的耳朵里。张果老不信，他想鲁班哪有这么大的本领，便邀了柴王爷一块，要去看个究竟。张果老骑着一头小黑毛驴，柴王爷推着一个独轮小推车，两人来到赵州大石桥，恰巧遇见鲁班正在桥头上站着，望着过往的行人笑呢！张果老问鲁班："这桥是你修的吗？"鲁班说："是呀，有什么不好吗？"张果老指了指小黑驴和柴王爷的独轮小推车说："我们过桥，它经得住吗？"鲁班瞟了他俩一眼，说："大骡大马、金车银辇都过得去，你们这小驴、破车还过不去吗？"张果老一听，觉得他口气太大了，便施用法术，聚来了太阳和月亮，放在驴背上的褡裢里，左边装上太阳，右边装上月亮。柴王爷也施用法术，聚来五岳名山，装在了车上。两人微微一笑，推车赶驴上桥。刚一上桥，眼瞅着大桥一晃悠。鲁班急忙跳到桥下，举起右手托住了桥身，保住了大桥。两人过去了，张果老回头瞅了瞅大桥，对柴王爷说："不怪人称赞，鲁班修的这桥真是天下无双。"柴王爷连连点头称是，并对着回到桥头来的鲁班伸出了大拇指。鲁班瞅着他俩的背影，心里说："这俩人不简单啊！"现在，赵州石桥桥面上，还留着张果老的毛驴踩的蹄印和柴王推车轧的一道沟，到赵州石桥去的人，都可以看到。桥底面原来还留有鲁班托桥的一只大手印，现在已看不清了。

木兰从军

南北朝时期，北方有个武艺高超的姑娘花木兰，她年轻漂亮，射得一手好箭。

一天，她正在放牧，忽见几个少年骑马扬鞭，弯弓搭箭，要去打猎。她便和他们比赛，结果她收获的猎物最多。回到家里，母亲责备她不该四处游荡，忘了放牧；父亲怒骂她不守闺训，但见她打了不少飞禽走兽，心中暗暗觉得惊讶。

木兰正夸口说自己射箭能百步穿杨，百发百中，乡里的里长走进院来。木兰正抽箭搭弦，冷不防“嗖”的一声，把里长头上的帽子射了下来。里长大吃一惊，木兰的父亲连忙赔罪道歉，并罚木兰织布三天，不许走出房门半步。

原来里长是来送文书的。说是大汗要和邻国开战，急需兵员，要征木兰的父亲从军。

晚上，木兰父亲和老伴儿商量：自己年老多病，家里小儿才几岁，女儿又派不上用场，这可如何是好？夫妻俩愁得直叹气。隔墙的木兰听见了，也停下织机叹息不已。

木兰一夜未合眼，终于想出了一个好主意。第二天一大早，她偷偷溜出家门，上街买了一匹枣红马，又配上马鞍、马鞭和马笼头，还找人赶做了一件战袍。然后，木兰剪了头发，扎上头巾，穿上战袍，跨上枣红马，一下子变成了个棒小伙。

一切收拾停当，木兰骑着马一阵风似的赶回家，父母几乎认不出她了。她道明真相，父母也没有更好的办法，只得让她替父从军。一家人洒泪而别。

木兰告别家乡，随大军奔赴边疆。走啊走，大军来到了黄河旁。夜里，值勤的木兰听不见爹娘呼唤她回家的声音，只听见黄河的流水哗啦啦地响。

走啊走，大军停在了黑山脚下。这里已靠近敌人的阵地，备战的木兰没有时间想念家里的亲人，耳中只听见敌人的战马咴咴鸣叫。

多少次军情紧急，多少次关山飞渡，天寒地冻的北部边疆，月亮的清辉冷冷地映着将士的铠甲，连打更的锣声也透着十二分的寒气。

历经无数次战斗，聪明机智、英勇善战的木兰一次次立功，一次次被提升，最后做了左路大将军。

十二年过去了，大军胜利归来。皇上亲自召见木兰，赏了她许多金银财宝，又封她做兵部尚书。

木兰替父从军，为的是百姓和国家。她不要金银财宝，也不愿意做什么兵部尚书，她只要了一头能走远路的骆驼，骑着它回乡服侍双亲。

十二年过去了，父母已经白发苍苍。他们听到女儿归来的喜讯，相互搀扶着来到路口，迎接他们的宝贝女儿。小弟弟也已长大成人，在家里磨刀霍霍，准备杀猪宰羊，犒劳凯旋的姐姐。

木兰终于回来了，她骑着骆驼，身边还有几个陪她回家的战友。木兰让爹娘在屋里招待同归的伙伴，自己跑到房里，脱下战袍，换上以前的青布衣衫，梳好如云的头发，又对着镜子贴上美丽的面饰，这才羞答答地走了出来。

伙伴们一见，大惊失色：啊，一起生活战斗了这么多年，还不知道木兰竟是一个漂亮的大姑娘！

桃园三结义

涿县城里有一条大街叫忠义庙街。相传，当年张飞就在这条街上卖肉。他把肉系在门前一口井里，用千斤重的石板盖上，井旁竖起一块牌子，上面写着："谁能举起这块石板，割肉白吃。"

有一天，关羽赶着小毛驴粜[1]绿豆，走到张飞的肉铺门口，见了那牌子上写的字，心想："好大的口气呀！"他上前用手轻轻地一掀，没费吹灰之力就掀起了千斤石，从井里拎出半截猪肉来搭在小毛驴背上，一声没吭，就赶着小毛驴赶集去了。张飞回来后，他老婆把这事一五一十地对他说了。他一听就火了，立刻追到集上，要找人家算账。

张飞是个粗中有细的人。他想自己有言在先，牌子上写得明白，这回和人家争执站不住理；又一想，这次要不声不

① tiào，意为卖出谷物。

响，以后他总来白吃肉那还得了啊！于是，他想了另外一个办法来报复。他来到关羽的粮食摊上问："你这绿豆干不干？"

关羽说："干！干得很！"

"我用手捻捻试试行吗？"

"行！"

张飞抓起一把绿豆来，用大拇指一捻，绿豆成了面。他又抓起一把绿豆来捻，绿豆又成了面。他捻了一把又一把，没过多久，把关羽的半口袋绿豆给捻碎了七八升。关羽认得他是张飞，知道他是不服气，故意来找碴儿，就说："老乡！你要买绿豆，买回去再捻成面儿好不好？你在这里都给我捻成面，我还怎么卖？"

"你不是让捻吗？"

"谁让你都给捻了？"

两人一言不合，挽起袖子，拳打脚踢扭在一块。人们上前去拉，但谁也拉不开。这时候，恰巧刘备赶集卖草鞋走到这里，他见两个大汉大打出手，却不见一个人敢上前去拉架，就想上去劝解。别人见他弱不禁风的样儿，劝他不要去。刘备不听，上去两手往两边一拨拉，就把他俩给分开了，一手支住一个。关羽、张飞两人干跺脚，谁也摸不着谁。这就是人们常说的"一龙分二虎"。

张飞和关羽经过一番厮打，互相都佩服对方的力气，又经过刘备从中调停，最后竟成了好朋友。于是，三人在桃园拜盟结义。结义完了，下来就是排行次了。一般的拜盟兄弟当然是按年龄排行次，可是，张飞年龄最小，他不同意这样排行次。他说："咱们排行理应比力气，谁力气大谁是大哥。"关羽说："刘备一下把咱俩分开了，数他力气大，应该是大哥。咱俩不相上下，谁做老二、老三都行，还比什么？"

张飞不吭声。刘备说："这样不行，就斗智吧！"

张飞连声说："好，好！"

刘备说："咱们比谁能把鸡毛扔到房顶上去。谁一扔就上去了，谁就是大哥。好不好？"

三人都同意了。张飞性急，抓来一只鸡，拔下根鸡毛就使劲往房上扔，连扔几次都没扔上去。关羽也拔了根鸡毛使劲地往上扔，也没扔上去。轮到刘备了，他不紧不慢地拎起那只鸡，轻轻一抡就把整只鸡扔到房顶上去了。

张飞说："你扔鸡不算！"

刘备说："我确实把鸡毛扔上去了！"

张飞哼哼着，无言以对，只好认输。

刘备当了大哥，那么谁是老二，谁是老三呢？刘备说："张飞扔得最早，扔的次数最多，可是都没成功，按道理应该排老三，关羽排老二。"

张飞无话可说，哈哈哈地笑着说："我认输，认输。"

抬着毛驴赶路

很久以前，有一家父子俩要出远门。家里没有车，只有一头毛驴，父子俩便赶着毛驴上路了。

当他们路过第一个村庄时，父亲骑在驴上，儿子牵着驴走。村子里的人议论说："瞧这爷儿俩，老子骑着驴，让儿子在地上走，真是个狠心的爹呀。"父亲听见人们的议论，低下了头。出村后，父亲下来牵着驴，让儿子骑在驴上。

当他们路过第二个村庄时，村里人看着他们又开始议论："瞧这爷儿俩，儿子骑在驴上，倒让父亲为他牵驴。这儿子真不知道孝顺老人。"儿子听了非常难受，出村后赶快下了驴，同父亲一起牵着驴走。

当他们走到第三个村庄时，村里人都嘲笑他们："这一对笨蛋，有驴不骑牵着走，真傻透了。"父子俩一想："对呀，驴是用来骑的，怎么能牵着走呢？”出村后，父子俩商量了一下：既然一个人骑驴一个人步行受人指责，干脆咱们爷儿俩都骑上吧。于是父子俩都骑在驴上，把小毛驴累得满身是汗。

当他们路过第四个村庄时，村里人指责他们：“你们真不懂得爱惜牲口，父子俩都骑在驴上，瞧那毛驴都快累坏了。”父子俩一想：“也是呀，一头小毛驴怎么能驮得动两个人呢？”出了村，他们都下来了，但他们不知该怎么办了：一个人骑不行，两个人骑不行，两个人不骑也不行，怎么办呢？想啊想啊，父亲开口了：“咱们抬着毛驴走吧。”儿子一听，觉得是个好办法。父子俩把毛驴放倒，用绳子把毛驴的四条腿捆上，找了根小树干当扁担，一前一后抬了起来。

当他们路过第五个村庄时，村里的人都跑出来看他们，指着他们大声讥笑：“这俩人真比驴还蠢，天底下没有比他们更笨的人了。”父子俩低着头，一言不发地匆匆穿过村子。他们累得满身大汗，气喘吁吁，出了村不远，他们再也走不动了，“扑通”一声，把驴扔在地上。这回父子俩真发愁了，这头驴骑着不行，牵着不行，抬着也不行。放了它吧，有点舍不得，宰了它吧，又下不了手。怎么办呢，父子俩实在想不出什么好办法了。

前边还有好几个村庄，父子俩和一头毛驴到底该怎么过去才不会受人笑话或议论呢？这可真把他俩难住了。

祝枝山写对联骂财主

祝枝山是明代书画家。有一年除夕，一个姓钱的财主请祝枝山写春联。祝枝山想："这个钱财主平日搜刮乡里，欺压百姓，今日既然找上门来，何不借机奚落他一番？"于是，他吩咐书童在钱财主的大门两旁贴好纸张，挥笔写下了这样一副对联：

明日逢春好不晦气
来年倒运少有余财

过往的人们看到这副对联，都这样念道：

明日逢春，好不晦气

来年倒运，少有余财

钱财主听了气急败坏，知道祝枝山是在故意辱骂他，于是到县衙告状，说祝枝山用对联辱骂良民，要求县令为他做主。另外，钱财主还暗中给县老爷送了些金银财物。当下，县令便派人传来祝枝山，质问道："祝先生，你为何用对联辱骂钱老板？"

祝枝山笑着回答："大人，此言差矣！我是读书人，无权无势，岂敢用对联骂人？学生写的全是吉庆之词嘛！"于是，他拿出对联当场念给众人听：

明日逢春好，不晦气

来年倒运少，有余财

县令和财主听后，目瞪口呆，无言以对。好半天，县老爷才如梦初醒，呵斥钱财主道："只怪你才疏学浅，把如此绝妙吉庆之词当成辱骂之言，还不快给祝先生赔罪？"

钱财主无奈，只好连连道歉。祝枝山哈哈大笑，告别县令，扬长而去。

阿凡提和国王（维吾尔族）

在严寒的冬天，一日，京城内敲锣打鼓，宫廷里的传令官向人们吆喝着："大家听着！国王陛下的圣旨传下来了——谁如果今晚能赤着身子在城墙上坐一夜的话，那他就将得到国王的公主和一半江山……"

阿凡提听到这个消息，心想："我不妨试一下，捉弄捉弄这个想戏弄百姓的国王。"于是，阿凡提走到宫里，对国王说："最尊贵的人，我愿意在城墙上过夜。"

国王听了阿凡提的话，很惊奇，便对手下人说："你们把他的衣服脱光，让他上去，他一定会冻死的。哼，愚蠢的家伙！"

阿凡提说："陛下，请您的仆人在城墙上放一块石头吧！"

国王说："傻瓜，你要石头干什么啊？"

阿凡提说："这是我的秘密，没有石头的话，我是不会上去的。"国王答应了他的要求。

仆人们遵照国王的意思，脱去了阿凡提的衣服，让他爬到城墙顶上，同时送上去一块很大的石头。然后，仆人们便拿掉了梯子。他们想："天气这么冷，他一定会被冻死的！"

这一夜，天气特别寒冷，可阿凡提却有办法御寒。他并不在一个地方蹲着，而是把那块石头一会儿推过去，一会儿滚过来。就这样，他度过了这个严寒的夜晚。

第二天早晨，当国王和他的大臣们来到城下的时候，只听阿凡提不停地喊道："哎呀，好热，真是热极了呀！"仆人们把衣服递给他，阿凡提穿上衣服走下城墙，对国王说："尊敬的陛下，我赤着身子度过了一个严寒的夜晚。您现在应该遵守诺言，把您的女儿和一半江山给我了。"

国王哪有这份真心呢？他不过想寻开心，才想出了这个把戏。谁知，阿凡提没有被冻死。国王被问得无话可答，半晌，才又狡猾地问道："喂！阿凡提，你晚上看见月亮了没有？"

阿凡提说："是的，我看见了月亮。"

国王脸色一变，厉声吼道："唔，原来你违背了我的条件，是借着月亮的光取暖的。来人呀，给我把这个骗子赶出去！"就这样，阿凡提被赶走了。

阿凡提满腔怒火，觉得在城里再也待不下去了，便搬到荒野中，在一口井旁住了下来。

在一个炎热的夏天，国王和他的大臣们在荒野整整打了一天猎，只觉得口渴得要命。为了找到一口水，便在荒野里四处寻觅。这时，国王忽然发现了一户人家，便跑上前去，厉声喊道："喂，房主人在哪儿？快出来接待客人！"

阿凡提走出来说："公正的陛下，在我的家里，您需要什么，就尽管说吧。"

国王怒喝道："水！我快要渴死了。"

阿凡提说："唔，要水啊，那我就去提来。"

阿凡提向井边走去，他没有打水，而是把水桶上的绳子解下来，埋在沙土里，自己坐在井边。

半晌，国王等得着急了，就命他的随从去找阿凡提。很快，那人就回来了，对国王说："国王陛下，阿凡提说：'你们这群傻瓜，自己到井边来。'你听这算什么话呀！"

国王怒骂了一句："混蛋！"只好带着随从一起奔井边而来。国王一见阿凡提，便怒气冲冲地说："蠢货，你给我打的水在哪儿？"

这时，阿凡提不慌不忙地用手指着井口道："聪明的陛下，您往井里看。"

国王不解地看了看井里的水，大吼道："傻瓜，水的闪光怎么能使我解渴呢？"

阿凡提看着他那副凶狠、愚蠢的样儿，不觉失笑道："唉，陛下，在寒冷的晚上，月亮的光既然能让我暖和，那为什么水的闪光，就不能使您解渴呢？"国王被问得目瞪口呆，一句话也说不出来。

包公巧审青石板

宋朝的时候，有一户穷人家，只有母子二人相依为命，过着很艰难的日子。谁知母亲突然病了，儿子非常着急，希望能把妈妈的病治好。

有一个好心人给小孩儿找到一个卖油条的活儿。第二天，小孩儿便提着篮子，沿着大街小巷叫卖：“卖油条嘞！卖又脆又香的热油条喽！”

因为大家都知道这孩子家里有个生病的妈妈，就都来买他的油条。半天下来，虽然他嗓子喊哑了，腿也跑酸了，但油条也卖光了。

小孩儿很高兴，便找到一块大石头，坐在上面数起钱来。那油乎乎的小手，把一枚枚铜钱翻来覆去地数了两遍：一共一百个铜钱。

他盘算着，今天赚下的钱，先给妈妈买药治病；明天赚下的钱，就给妈妈买点心；后天赚下的钱，再给妈妈买点儿肉；再后天……他越想越高兴。

跑了一个上午，他累坏了，不知不觉地把头一歪，便在大石头上睡着了。

一阵凉风吹过，卖油条的小孩儿醒了。他睁眼一看，一百个铜钱连一个子儿都没剩，全不见了。他急得大声地哭起来。

这时，包公刚好骑马经过。他看见一个小孩儿在哭，便关心地问："孩子，你为什么哭？有什么委屈吗？"

小孩儿抬头一看，见是一个黑脸大官在和自己说话，便想起妈妈说过，有一个专替老百姓申冤的包公，是个大黑脸，便"扑通"一声跪在包公面前，哭得更伤心了。

"包大人，我卖油条的一百个铜钱放在篮子里全不见了，呜呜呜……"

包公问清了来龙去脉，得知小孩儿正急等着用这钱为母亲治病，便安慰这孩子："你只管放心，我一定把小偷抓到！"

包公从马上下来，在青石板周围转了一圈，然后，又站在竹篮旁边沉思，再看看孩子的手，说一声："有了！"

突然，包公指着青石板大声喝问："青石板，青石板，小孩儿的一百个铜钱是不是你偷的？从实招来！"

小孩儿觉得莫名其妙：青石板没手，怎么偷呢？

很多人也围过来，看看包公怎样审青石板。

停了片刻，包公抬高了声调："你这个青石板，必须快快交代你干的坏事，哼，你休想逃过我的眼睛！"

青石板当然还在原地，毫无动静。

包公一脚踏在青石板上，又厉声说道："你这大胆的青石板，再不如实招来，我就要动刑了！"包公这么一说，他手下的人有的已经把棍子举起，有的把绳子抓在手中，好像准备把青石板捆起来，狠狠地打它一顿。

"哈哈哈！"看热闹的人觉得十分可笑。

"青石板怎么能说话？这真是在开玩笑！"

"都说包公英明，我看他是一时糊涂了！"

"是谁在乱说话？"包公大喝一声，立即转过身来大声斥责道，"我在审问石头，与你们何干？这里是审判的公堂，理应肃静，你们在此信口胡言，扰乱公堂。现在，所有在场的人都得受罚！来人！"

"在！"包公手下的人齐声回应。

"在场每人都痛打四十大板！"大家看到包公发威，都吓得不知如何是好，纷纷下跪求饶。

"如若怕受皮肉之苦，每人罚交铜钱一枚。"

包公说罢，便命左右端来一盆清水，放在石头前面。又下令所有的人排队，依次向盆中投钱。

“啪，啪，啪”，一枚枚铜钱投入水中，溅起一个个小水花。数十人将铜钱投入水中，包公无言；直到有一人，投入的钱刚入水，包公便大喝一声：“此人就是偷钱贼，给我拿下了！”

这人“扑通”跪下，连连向包公磕起头来：“请包大人饶命！小民下次不敢，下次不敢了。”

说着，他连忙从身上又掏出九十九个铜钱，放到青石板上。

卖油条的小孩儿看到小偷被抓到，十分开心。围观的人却都大眼瞪小眼，不知是什么道理。

包公看着众人惊疑的眼神，便笑着说道：“各位父老，你们看。这水面上漂了一层油花，是此人投下铜钱时才出现的。沾油的钱正是卖油条小孩儿的铜钱哪！”

听包公这么一说，大家都恍然大悟——原来如此！再看青石板上的那些铜钱，还真的是每一枚都油乎乎的呢！

小孩儿对包公感激不尽，围观的百姓都更加佩服包公的神妙和机智了。

刘罗锅智告贪官

一天傍晚，乾隆皇帝来到午门散步。低头一见，只见午门至正阳门那段御道由于年久失修，不少地方已磨损得坑坑洼洼，他觉得有失皇家体面，非得整修一下不可。于是他便令和坤承办此事，让他造出预算，限两月之内竣工。

和坤得皇上宠信，但他贪婪成性，是个雁过拔毛的角色。奉旨之后他非常高兴，觉得又得了个发财的良机。

三天后早朝时，和坤就带本奏道："皇上，这段御道确实有碍观瞻，必须全部换新。由于所需石料要从数百里外的房山采办，石匠精雕细刻，故而工程浩大，即使从紧开支，至少也需白银十万两。"乾隆皇帝二话没说，立即照准。

之后，御道旁立即搭起了不少工棚，并且御道两旁被草苫遮住，数百匠人叮叮当当地日夜动工了起来。结果，不足一月，御道就提前竣工了。

乾隆皇帝在和珅的陪同下一看，果然御道平坦，焕然一新，不由龙心大喜，连声赞好。次日早朝时，乾隆皇帝就当众宣旨："和爱卿这次主修御道，既快又好，提前一道，夜以继日完工，劳苦功高，朕赏你白银一万两，再升官一等。"

和珅得意扬扬，名利双收，连忙谢恩。

谁知过了没几天，此事的底细被刘墉无意中发现了：原来和珅根本没有去房山采办石料，只是将原来的石块撬起来，令石匠在反面雕刻了一下。把下面的路基修平整后，再铺上石块，便跟新的一样。因此，缩短了工期，又节省了成本，总共只花了一万两银子。刘墉决心将此事揭露出来，让和珅当众出丑。第二天上早朝时，刘墉等大家进入太和殿后，飞快地将身上的朝服脱下，反过来套上，然后悄悄跟了进去。

乾隆皇帝端坐在九龙椅上，居高临下，低头一看，忽见群臣后面站着个衣着与众不同的人，觉得奇怪，再仔细一看，却是协办大学士刘墉。乾隆皇帝心想："他向来十分注重仪表，办事小心谨慎，今天怎么昏头昏脑地将朝服穿反了，这是怎么一回事？"

这一细节很快被善于察言观色的和珅发现了。因当时规定：上朝时如果朝服不正，要判罪的。他心想："刘罗锅，这下你有好果子吃了。"便故意幸灾乐祸地说："刘大人，你今天怎么啦?”和珅这么一说，群臣都发现了刘墉的异常，纷纷为他捏了把冷汗。

奇怪的是，刘墉却低着头，置若罔闻。

要是换成别的大臣，乾隆皇帝早就发火降罪了，但考虑到刘墉一向忠心耿耿，便改用责备的语气问:“刘爱卿，你怎么将朝服穿反了?快出去穿好了再来见朕。”刘墉这才装作恍然大悟地出去，穿好了又进来，跪地奏道:“启奏皇上，微臣今日将朝服穿反确实不该，请皇上恕罪。不过，朝服穿反显而易见，可如今有人将御道仅仅翻了个面，再略加修饰，就侵吞公款，大肆渔利。”

刘墉话音一落，刚才正趾高气扬的和珅，顿时像矮了一截，脸色大变。

“什么?你说这御道是翻个面铺的?”乾隆皇帝一听，连忙追问，“刘爱卿，这到底是怎么一回事?快细细奏来。”刘墉大步向前，伏地奏道:“万岁，此事微臣偶然听说，并已去现场查看。不过，还是请皇上先问问和大人为好。”乾隆皇帝暗吃一惊，便问和珅:“你还不实说?”

和珅见东窗事发，再也无法隐瞒，忙跪倒在地，说:“微臣该死，微臣确实未去房山采石，只是将原有的石块翻转过来雕刻了一下，重新铺上。”

乾隆皇帝顿时勃然大怒:“你好大的胆子!快说你总共

花了多少银子？”

“一万两。”

“那其余的九万两呢？”

“这——”和珅拼命地叩头，再也答不出话来。

刘墉奏道：“皇上，这还用问，其余的都落入了和大人的腰包。嘿，想不到这么一项小工程，和大人竟能变出大戏法。望皇上明断。”

直到这时，群臣才明白了刘墉反穿朝服的用意。乾隆皇帝早已怒气填胸，可一想到和珅对自己忠心耿耿，凡事又离不开他，只能高高举起，又轻轻放下：“大胆和珅，竟敢欺君犯上！朕命你速将贪污和赏赐给你的银两退回国库，并降职一级。现这段御道须按你原来的方案重新建造，所需银两则罚你出。下不为例，否则严惩不贷。”

和珅只得自认倒霉，表示认罚，并连连谢罪。纪晓岚奏道：“皇上，刘大人参奏有功，理该有赏。”

乾隆皇帝朝刘墉笑道：“好，朕赏刘爱卿朝服三件。不过，你不要再将它穿反了。”

刘墉忙道：“谢主隆恩。如今御道之案已正，微臣怎么会再将朝服穿反！”

东坡肉

苏东坡在杭州做刺史的时候，治理了西湖，替老百姓做了一件好事。

西湖得到治理后，四周的田地就不怕涝也不怕旱了。这一年又风调雨顺，杭州四乡的庄稼喜获丰收。老百姓为了感谢苏东坡治理西湖，到过年的时候，就抬猪担酒地去给他拜年。

苏东坡收下很多猪肉，叫人把它们切成方块，烧得红红的，然后再按治理西湖的民工花名册，将肉分送给他们过年，每家一块。

太平的年头，家家户户过得很快乐，这时候又见苏东坡差人送肉来，大家更高兴，老的笑，小的跳，人人都夸苏东坡是个贤明的父母官，把他送来的猪肉叫作“东坡肉”。

那时，杭州有家大菜馆，菜馆老板听说“东坡肉”很有名，于是就和厨师商量，也把猪肉切成方块，烧得红酥酥的，挂出牌子，取名为“东坡肉”。

这道新菜一出，那家菜馆的生意兴隆极了，从早到晚顾客不断，每天杀十头大猪还不够卖呢。别的菜馆老板看得眼红，也学着做起来。一时间，不论大小菜馆，家家都有“东坡肉”。后来，经过同行公认，就把“东坡肉”定为杭州的第一名菜。

苏东坡为人正直，不畏权势，朝廷中的那帮奸臣本来就很恨他，这时见他又得到了老百姓的爱戴，心里更不舒服。他们当中有一个御史乔装打扮，到杭州来找碴儿，存心要陷害苏东坡。

那御史到杭州的头一天，在一家饭馆里吃午饭。堂倌递上菜单，请他点菜。他接到菜单一看，第一样就是“东坡肉”！他皱起眉头，想了想，忽然高兴地拍着桌子大叫：“我就要这第一道菜！”

他吃过“东坡肉”，觉得味道还真是不错，向堂倌一打听，知道“东坡肉”是同行公认的第一名菜。于是，他就把杭州所有菜馆的菜单都收集起来，兴冲冲地回京去了。

御史回到京城，马上就去见皇帝。他说：“皇上呀，苏东坡在杭州做刺史，贪赃枉法，把恶事都做绝啦，老百姓恨不得要吃他的肉！”

皇帝说：“你是怎么知道的？可有什么证据吗？”

御史就把那一大沓油腻的菜单呈了上去。皇帝本来就是个糊涂虫，他一看菜单，就不分青红皂白，立刻传下圣旨，将苏东坡撤职，远远发配到海南去充军。

苏东坡被解职充军后，杭州的老百姓忘不了他的清正廉明，仍然像过去一样赞扬他。就这样，“东坡肉”也一代一代地传下来，直到今天，还是杭州的一道名菜。

清明·寒食的由来

清明既是节气，又是节日，在周代就已经流行了。自古以来，清明节有很多习俗。

清明以前禁火的习俗，始于春秋时期。晋献公的妃子骊姬为了让自己的儿子奚齐继位，就设计毒害太子申生，申生被逼自杀。申生的弟弟重耳，为了躲避祸害，流亡出走。在流亡期间，重耳到过齐、宋、郑、秦等很多国家，受尽了屈辱。原来跟着他一道出奔的臣子，大多陆陆续续地各寻出路去了，只剩下少数几个忠心耿耿的人一直追随着他，其中一人叫介子推。有一次，重耳饿晕了过去。介子推为了救重耳，从自己腿上割下了一块肉，用火烤熟了送给重耳吃。

十九年后，重耳回国做了君主。他就是著名的“春秋五霸”之一的晋文公。重耳执政后，对那些和他同甘共苦的臣子大加封赏，唯独忘了介子推。有人在晋文公面前为介子推叫屈。晋文公猛然忆起旧事，心中有愧，马上差人去请介子推上朝受赏封官。可是，差人去了几趟，介子推一直不来。晋文公只好亲自去请。可是，当晋文公来到介子推家门前时，只见大门紧闭。原来介子推不愿见他，已经背着老母躲进了绵山（今山西介休市东南）。晋文公便让他的御林军上绵山搜索，没有找到。于是，有人出了个主意说，不如放火烧山，三面点火，大火起时，介子推会自己走出来的。于是，晋文公下令举火烧山。孰料大火烧了三天三夜，直到熄灭后，也不见介子推出现。上山一看，介子推母子俩抱着一棵烧焦的大柳树，已经死了。晋文公望着介子推的尸体哭拜了一阵，忽然发现介子推的后背堵着个柳树洞，洞里好像有什么东西。掏出一看，原来是片衣襟，上面题了一首血诗：

割肉奉君尽丹心，但愿主公常清明。
柳下做鬼终不见，强似伴君作谏臣。
倘若主公心有我，忆我之时常自省。
臣在九泉心无愧，勤政清明复清明。

晋文公将血书藏入袖中，然后把介子推和他的母亲分别安葬在那棵烧焦的大柳树下。为了纪念介子推，晋文公下令把绵山改为“介山”，在山上建立祠堂，并把放火烧山的这一天定为寒食节，晓谕全国，每年这天禁用烟火，只吃寒食。晋文公伐了一段烧焦的柳木，做了双木屐，每天望着它叹道：“悲哉足下。”“足下”是古人下级对上级或同辈之间相互尊敬的称呼，据说就是来源于此。

第二年，晋文公领着群臣，穿着素服，徒步登上介山祭奠介子推，表示哀悼。行至坟前，只见那棵老柳树死而复活，绿枝千条，随风飘舞。晋文公望着复活的老柳树，像看见了介子推一样。他走到柳树跟前，掐了一条柳枝，编了一个环戴在头上。祭扫后，晋文公把复活的老柳树赐名为“清明柳”，又把这天定为清明节。

从此以后，晋文公重耳常把血书带在身边，作为鞭策自己执政的座右铭。他勤政清明，励精图治，把国家治理得很好。

后来，寒食节、清明节成了全国性的节日。每逢寒食节，人们不生火做饭，只吃冷食。在北方，老百姓只吃事先做好的冷食，如枣饼、麦糕等；在南方，则多为青团和糯米糖藕。每到清明，人们把柳条编成环戴在头上，把柳条枝插在房前屋后，以示对介子推的怀念。

端午节的由来

农历五月初五，是中国民间的传统节日——端午节，这是中华民族的传统节日之一。这个节日的由来与战国时期的伟大诗人屈原有关。

大约公元前340年，屈原出生在楚国的贵族家庭。他年轻时就有出色的才干，很受楚怀王器重。然而，屈原实行政治改革的主张遭到以上官大夫靳尚为首的守旧派的反对。靳尚不断地在楚怀王面前诋毁屈原。楚怀王听信了靳尚的谗言，渐渐疏远了屈原。

公元前299年，秦国攻占了楚国八座城池，接着秦王又派使臣请楚怀王去秦国议和。屈原看破了秦王的阴谋，冒死进宫陈述利害。楚怀王不但不听，反而将屈原逐出郢都，削职流放。屈原在流放途中走遍了现在的湖南、湖北的许多地方，写下了许多充满爱国忧民感情的作品，包括《离骚》《天问》等不朽诗篇。楚怀王如期赴会，一到秦国就被囚禁了起来。他悔恨交加，忧郁成疾，三年后客死秦国。公元前278年，秦王又派兵攻打楚国。楚顷襄王仓皇撤离京城，秦兵攻占郢都。屈原在流放途中，接连听到楚怀王客死和郢都被攻破的噩耗，悲愤绝望，仰天长叹一声，抱起一块石头，纵身跳入汨罗江自尽了。

江上的渔夫和岸上的百姓听说屈原投江自尽，都纷纷来到江上，奋力打捞屈原的尸体。人们拿来了粽子、鸡蛋投入江中，有些郎中还把雄黄酒倒入江中，想要药昏蛟龙水兽，使屈原的尸体免遭伤害。

从此，每年的农历五月初五——屈原投江殉难日，楚地人民都要到江上划龙舟、投粽子，以此来纪念伟大的爱国诗人。端午节的风俗就这样流传下来了。

重阳节的由来

东汉时，汝南县里有一个叫桓景的小伙子，父母双全，妻子儿女一大家子人。虽然不算富有，但日子也算过得去。谁知不幸的事儿来了，汝河两岸闹起了瘟疫，家家户户都有人病倒，尸首遍地没人埋，桓景的父母也都病死了。

桓景小时候听大人们说汝河里住着一个瘟魔，每年都要出来到人间走走。它走到哪里，就把瘟疫带到哪里。桓景决心访师求友，学本领，战瘟魔，为民除害。他听说东南山中住着一个名叫费长房的神仙，就收拾行装，起程进山拜师学艺。

费长房给了桓景一把降妖青龙剑。桓景早起晚睡，不知疲倦、不分昼夜地练剑。转眼一年过去了，一天，桓景正在练剑，费长房走到他跟前说："今年九月九，汝河瘟魔又要出来了。你赶紧回乡为民除害。我给你茱萸叶子一包、菊花酒一瓶，让你家乡父老登高避祸。”费长房说罢，用手一指，一只仙鹤展翅飞来，落在桓景面前。桓景跨上仙鹤，向汝南飞去。

桓景回到家乡，召集乡亲，把神仙费长房的话跟大伙儿说了。九月九那天，他领着妻子儿女、父老乡亲登上了附近的一座山，给每人分了一片茱萸叶子，说这样随身带上，瘟魔不敢近身；他又把菊花酒倒出来，每人酌了一口，说喝了菊花酒，不染瘟疫之疾。他把乡亲们安排好，就带着他的降妖青龙剑回到家里，独坐屋内，等瘟魔的到来。

过了许久，忽听汝河怒吼，怪风骤起。瘟魔出水走上岸来，穿过村庄，走遍千家串万户，也不见一个人。忽然，它抬头见人们都在高高的山上欢聚。它窜到山下，只觉得酒气刺鼻，茱萸冲肺，不敢近前登山，它就又回身向村里走去。只见一个人正在屋中端坐，就吼叫一声向这人扑去，这人正是恒景。桓景一见瘟魔扑来，急忙舞剑迎战。

斗了几个回合，瘟魔战不过桓景，拔腿就跑。桓景“嗖”的一声把降妖青龙剑抛出。只见宝剑闪着寒光向瘟魔追去，锥心透肺地把瘟魔砍倒在地。

此后，汝河两岸的百姓，再也不会受瘟魔的侵害了。人们口口相传九月九登高避祸、桓景剑刺瘟魔的事，父传子，子传孙，一代一代一直传到现在。从那时起，人们就过起重阳节来，有了重九登高的习俗。

火把节的传说（彝族）

每年农历六月二十四，是彝族人民的传统节日——火把节。

当夜幕降临，从石林到叠水，从圭山到长湖，数不清的火把映红了夜空，映红了人们的笑脸，激情的歌声与雄浑的人三弦声交织在一起，一座座山寨沉浸在节日的欢乐之中……

关于“火把节”，流传着这样一个神奇动人的传说。

古时候，在一座高高的山上，有个城堡，城堡里住着一个土司[①]。他生就一双老鼠眼、一对扫帚眉和一张鲢鱼嘴，一张干瘦的脸上布满了麻子，配上那尖凸的下巴，人们给他起了个绰号——“黑煞神”。这“黑煞神”无恶不作，手下

①土司，古代中国边疆的官职，元朝设置。

养着一大帮家丁、打手，残暴地统治和压榨着当地的彝族百姓。他巧立名目，横征暴敛，百姓生孩子要向他交人丁税，上山打猎要交撵山租，下河捕鱼要交打鱼捐……各种苛捐杂税，逼得人民实在喘不过气来。为了反抗这个“黑煞神”的残暴统治，人们曾多次举行起义，但土司坚固的城堡难以被攻下，许多人被抓住打死了。

有个聪明能干的牧羊人扎卡，想出了一个智取土司城堡的办法。他暗中联系了九十九寨的贫苦百姓，决定从六月十七起，将各家各户的羊都关在厩里，每天只喂点水，不喂草料，饿上七天七夜。起义的人就在夜里赶造梭镖，削好竹签，磨好砍刀、斧子，又在每只山羊角上缚上火把。大家约定在六月二十四晚上起义。到了这天晚上，当月亮还没有出来，树林里的微风轻轻地吹起的时候，只听得一声牛角号长鸣，各路起义人马将羊厩门打开，点燃缚在羊角上的火把，驱赶羊群向“黑煞神”的城堡进发。

饥饿的羊群借着火光，争先恐后地上山抢吃树叶、青草。扎卡率领起义的人民，勇猛地向城堡冲杀过去，鼓声和喊杀声震天动地。“黑煞神”急忙登上城堡一看，只见满山遍野的火海从四面八方包围了城堡，人们已经开始攻打城门了。“黑煞神”命令家丁、打手死守城门，自己却悄悄地钻进地洞藏身。很快，各路起义军攻破城堡，蜂拥而入。人们找遍各处，可就是不见“黑煞神”。后来，扎卡将“黑煞神”的大管家抓来审问。怕死的大管家跪在地上磕头哀求饶命，并带领扎卡一行来到土司躲藏的那个地洞口。

扎卡让大管家下洞去叫“黑煞神”出来投降。这个平时狐假虎威的大管家竟吓得魂飞魄散，一下子瘫倒在地，爬不起来。众人正在张望，突然，从地洞里飞出一把匕首。扎卡眼明手快，挥起砍刀，将匕首击落。

扎卡和众人见“黑煞神”死活不肯出来，便决定用火烧死他。于是，一声令下，上千支火把立即在地洞的周围堆成一座小山，只见熊熊的烈火燃烧得越来越旺，片刻间，地皮也被烧得通红通红的，那作恶多端的土司“黑煞神”就这样葬身在火海之中了。为了纪念这次反抗暴虐统治斗争的胜利，彝族百姓就把农历六月二十四这天定为“火把节”。

阿诗玛（彝族）

在古代，云南的彝族有个支系叫撒尼人，撒尼人里有个农家女名叫阿诗玛。传说她刚生下来时，脸像月亮白，身子像鸡蛋白，手像萝卜白，脚像白菜白。长大以后，阿诗玛便成了一个美丽聪明而又勤劳能干的姑娘。千万个撒尼姑娘中，她是最好的一个。

对这样一位好姑娘，撒尼人小伙子谁不喜欢？财主热布巴拉的儿子也垂涎阿诗玛的美貌。于是，热布巴拉便派媒人海热到阿诗玛家给儿子说媒，但遭到阿诗玛的严词拒绝。她说："清水不愿和浑水在一起，我决不嫁到热布巴拉家！不嫁就是不嫁，九十九个不嫁！"热布巴拉恼羞成怒，便率领恶奴将阿诗玛抢回家。

阿诗玛的哥哥阿黑紧追不舍，一直追到热布巴拉家，他要向热布巴拉讨回妹妹。但凶狠的热布巴拉父子却提出与他斗智、比武，如果他能取胜，就会放还阿诗玛。

在与热布巴拉父子比武时，阿黑战胜了他们；和他们斗智，阿黑也取得了胜利。热布巴拉要阿黑去寻找丢失的三粒小米。阿黑跑到树下，弓满、箭直、射得快，一箭将斑鸠射落下地，斑鸠从喉咙里吐出三粒小米来。经过与热布巴拉的斗智斗勇，阿黑终于将妹妹阿诗玛从热布巴拉家救了出来。

热布巴拉贼心不死。他带领恶奴，趁阿黑、阿诗玛兄妹渡河时，从河水上游掘开堤坝，洪水奔腾而下，冲向阿诗玛。这时，山上的仙女把阿诗玛救上了山顶。可惜，最后阿诗玛还是被崖神害死了，她的身体化作身穿美丽衣裳、背着竹篮、向远方眺望的一座奇峰，这就是我们今天所看到的“阿诗玛”奇峰。她的声音则化为石林中的回声，仿佛在说：“日灭我不灭，云散我不歇。我的灵魂永不散，我的声音永不灭。”

灯花（苗族）

从前，有一个单身汉名叫都林。他在陡山坡上开梯田种稻谷。阳光热乎乎地照射在他的身上，黄豆大的汗珠从他身上一颗颗地滚下地来，再从地上滚到一个石窝窝里。

不久，石窝窝里长出一株百合花，柔软的梗子，绿油油的叶子，如白玉一样的花瓣。在红太阳下，光芒闪闪。一阵清风吹来，百合花摇摇摆摆地发出“伊伊呀呀”的歌声。

都林靠着锄头，呆呆地望着：“咦！石头上长百合花，百合花会唱歌，真奇了！”

都林天天上山挖地，百合花天天在石窝上唱歌，都林挖得越起劲，百合花唱得越好听。

有一天早上，都林又到山上挖地，看见百合花被野兽碰倒了，他急忙扶起来，说：“百合花呀！这山上野猪多，我带你回家去吧。”

都林用双手把百合花捧回家，种在舂米的石臼里，放在房子里的窗子下面。

白天，都林到山上种地。晚上，他在房里的茶油灯下编竹箩筐。他的鼻子闻着百合花香，耳朵听着百合花“伊伊呀呀”的歌声，脸上挂着笑容。

在一个中秋节的晚上，窗外的月光明亮亮，窗里的灯光红彤彤，都林在灯光下编竹箩筐。突然，灯芯开了一朵大红花，红花里面有个穿白衣裙的美丽姑娘在唱歌，声音嘹亮：

百合花开得呀芬芬香，
灯花开得呀红彤彤。
后生深夜赶工呀，
灯花里来了个白姑娘。

灯花忽地闪耀一下，姑娘从灯花里跳了下来，笑眯眯地站在都林身边。窗下的百合花不见了。

此后，白天，夫妻二人欢欢喜喜地上山种梯田；晚上，夫妻二人欢欢喜喜地在灯光下，一个编竹箩筐，一个绣花。

每逢圩日，都林将粮食、竹箩、绣花手帕送到圩上去卖，然后买回许多东西。两人的日子过得像蜜一样甜。

两年以后，都林的茅房变成了砖瓦大屋，粮食满满登登地堆在仓里，一大群牛羊关在栏里。这时，都林满足起来了。他不肯耕种梯田了，不肯编竹箩筐了，他衔起烟杆，拿起鸟笼，东寨逛逛，西寨遛遛。

姑娘叫都林拿粮食和绣花手帕到圩上去卖，叫他买锄头、镰刀和丝线，可是他却买鸡、买肉、买酒回来大吃大喝。

姑娘要和他去山上挖地，他推脱说脚痛；姑娘要和他在灯下做工，他推脱说眼疼。

姑娘劝说："我们的生活不够好呀！我们还要下劲干活啊！"

都林翻着一双白眼，鼻子哼了一声，衔着烟杆，拿着鸟笼到别的寨子玩去了。

一天晚上，姑娘一个人在灯下绣花。忽然，灯芯开了一朵大大的红花，一只五彩孔雀在灯花里，展开美丽的尾巴唱起来：

百合花开得呀芬芬香，
灯花开得呀红彤彤。
后生呀成了懒家伙，
姑娘随我呀到天上。

灯花忽地一闪，孔雀从灯花里跳出，钻到姑娘的胯下，飞了起来，带着姑娘“扑扑扑”从窗口飞了出去。

都林忙从床上爬起来，追到窗口，只拉到了一根孔雀尾巴毛，眼巴巴地看着孔雀背起姑娘飞进月亮里去了。

都林没有姑娘的劝导，更加懒惰了。他大吃大喝，吃饱喝足后就衔起烟杆，拿起鸟笼，各处溜达。

都林把粮食卖光了，牛羊卖光了，衣服卖光了，又准备把床上仅有的一张席子拿去卖。他揭开席子，看见下面摆着两幅绣花。一幅上面绣着都林和姑娘白天在梯田里笑眯眯地收获稻谷的情景，稻谷满山满岭，像黄金一样发出闪闪的金光；另一幅上面绣着都林和姑娘晚上在灯下，笑眯眯的，一个编竹箩筐，一个绣花的样子，仓里堆满了粮食，栏里关满了牛羊。

都林眼睛看着看着，心里想着想着，忽然眼泪像泉水一样涌了出来，滴在绣花手帕上。他用手捶敲自己的脑壳，说：“都林，都林，是你自讨苦吃呀！”

他转过身来，咬着牙，抓住烟杆，用力折断，扔进灶里。他把鸟笼打开，让画眉鸟飞出去，再用脚踏碎鸟笼，又扔进灶里。

他即刻扛起锄头上山挖起地来。

从此以后，都林白天在梯田里耕种，晚上在灯光下编竹箩筐，没日没夜地劳作着。

有一天，都林在窗下拾得一根孔雀羽毛，顺手丢在窗下舂米的石臼里。他望着石臼，想起百合花，想起美丽的姑娘，眼泪又扑嗒扑嗒落在石臼里。

不久，石臼里的孔雀羽毛不见了，长出了一株香喷喷的百合花来，发出“伊伊呀呀”的歌声。

在一个中秋节的晚上，窗外的月光明亮亮，窗里的灯光红彤彤。都林正在灯光下编竹箩筐，突然，灯芯开了一朵大红花，红花里面的美丽姑娘穿着白衣裙在唱歌：

百合花开得呀芬芬香，
灯花开得呀红彤彤。
后生没日没夜地做工呀，
灯花里跳出来白姑娘。

灯花闪耀了一下，姑娘从灯花里跳下来，笑眯眯地站在都林身边。窗下的百合花不见了。

从此以后，夫妻二人，白天上山种梯田，晚上在灯下编竹箩筐、绣花。生活过得比花还要香，比蜜还要甜。

幸福鸟的故事（藏族）

从前，在西藏有一个没有太阳、没有树木也没有河流的地方，千百年来，人们都过着苦日子，幸福从来没光顾过这里。

听说，幸福的化身是一只非常美丽的鸟儿，它飞到哪里，就能给哪里带去幸福。这个地方的人们每年都去找幸福鸟，听说它住在离这里很远的雪山顶上。可是去的人一个也没有回来，他们都被雪山脚下的三个长胡子妖怪害死了，那三个妖怪想要人命，只要吹吹胡子就行了。

幸福鸟的故事传到了一个男孩子的耳朵里，他叫作汪嘉。他听老人们说起幸福的美好，觉得跟自己家乡的苦难生活差别太大了，于是就下定决心要去把幸福鸟带回家乡。

汪嘉带上仅有的干粮出发了，他跋涉了很多天，远远地看到一座雪山高耸入云，这是不是老人们说的幸福鸟住的雪山呢？汪嘉想起了三个长胡子妖怪的故事，于是小心翼翼地走到了山脚下。还没等他多走几步，一个黑胡子妖怪就出现了，说话的声音好像乌鸦叫一般："你是谁？到我这里来干什么？"

"我叫汪嘉，我来找幸福鸟！"

黑胡子妖怪听了，差点把眼泪笑出来："就凭你这丁点儿大的孩子，就想来找幸福鸟？你敢在乱石滩上走三十三里路吗？我保证你会没命！"说完，他呼呼地吹起了胡子，汪嘉前面宽阔平坦的大路，一下子变成了可怕的乱石滩，这里的每块石头都像刀子一样尖利。

但是汪嘉很勇敢，他一心想着为家乡人造福，要找到幸福鸟，他可是什么都不怕的。就这样，汪嘉勇敢地踏上了乱石滩，才走了一里路，尖石头就划破了他的鞋子，再走一里，石头刺破了他的脚板。很快，乱石滩上就留下了一串血迹。汪嘉咬紧牙关往前走，等到两脚鲜血淋漓，实在无法走路了，他就趴到乱石滩上，手脚并用地朝前爬，他划破了手心，磨破了膝盖，终于走完了三十三里乱石滩。耀武扬威的黑胡子消失了。

还没等汪嘉高兴一下，黄胡子妖怪又出现了。这个妖怪吹了吹胡子，汪嘉面前出现了一望无际的大沙漠，没有水，也没有食物。“不过是个乳臭未干的小子，也想找幸福鸟？趁早放弃吧，你是无法走过这片沙漠的！”黄胡子威胁道。

汪嘉忍着手脚上的伤痛，摇了摇头，勇敢的他一滴眼泪也没落下来，就走进了沙漠。很快，他就饿得两眼发黑，头昏脑涨，浑身一点力气也没有，眼看就要倒下了，可是一想到幸福鸟能给家乡带来幸福，他的力气就又回来了，他继续往前走，一步一步地，沙漠就这样被他甩在了身后。汪嘉累得筋疲力尽，双腿发软，可是他连坐下的时间都没有，就看到了一个白胡子妖怪。

白胡子妖怪问：“一个小娃子，来这里干什么？”

“我要找到幸福鸟！”

白胡子妖怪狂笑起来，连山都跟着抖。他吹了吹胡子，汪嘉的眼珠被吹了出来，他变成了瞎子，除了黑暗，他什么也看不见。但即使这样，也无法阻止汪嘉的念头，他跪下来，用手摸着地，一点一点地往前爬。最终，他爬上了那座大雪山，幸福鸟就站在雪山顶上。见到这个浑身是伤的孩子，幸福鸟问：“孩子，你上雪山来找谁呀？”

汪嘉看不到跟他说话的是谁，就朝着声音传来的方向说：“我找幸福鸟！我要带着幸福鸟回到我的家乡去，给那里带来幸福。”幸福鸟听了，扇着翅膀朝他飞过来，它拍了拍汪嘉，他身上的伤口立刻就愈合了。幸福鸟又用嘴吹了吹汪嘉的眼窝，他的眼珠又回来了。汪嘉睁开眼睛，看见幸福鸟就站在自己的面前，高兴得不得了。

“来吧，坐到我的背上，我来带你回家。”幸福鸟示意汪嘉坐上去。汪嘉抓住幸福鸟漂亮的羽毛，幸福鸟飞上了天，带着汪嘉一直飞到西藏，飞到了他的家乡。那里一片黑暗，什么也看不到。幸福鸟叫道：“太阳，快快升起来！”刚说完，太阳就从天边蹦出来了。再一看，这里的土地干裂得都是沟壑，幸福鸟又叫道：“大河，小河，快快流过来！”只见大大小小的河流涌过来了。

有了太阳，有了河流，可是满目望去仍是一片荒芜。幸福鸟第三次叫道：“树木花草，快快长出来！”不一会儿，树木就长满了山坡，鲜花遍地开放。汪嘉的乡亲们惊讶地看着这里变成了如此美丽的地方，都欢呼起来，幸福鸟真的给大家带来了幸福！

幸福鸟却摇了摇头，对人们说：“是你们自己找到了幸福。”

汪嘉和乡亲们从此幸福地生活着，而这个故事也一直流传了下来。

马头琴的故事（蒙古族）

传说，马头琴最早是由察哈尔草原上一个叫苏和的小牧童做成的。苏和是由奶奶抚养大的，婆孙俩靠着二十多只羊过活。苏和每天出去放羊，早晚帮助奶奶做饭。十七岁的苏和已经完全长得像个大人了。他有着非凡的歌唱天分，邻近的牧民都很愿意听他歌唱。

一天，太阳已经落山了，天越来越黑。可是苏和还没有回来。就在人们开始担心的时候，苏和抱着一个毛茸茸的小东西走进蒙古包来。人们一看，原来是匹刚出生的小马驹。苏和看着大伙惊异的目光，对大家说："在我回来的路上，碰上了这个小家伙，它躺在地上没法动弹。我一看没人照顾它，怕它到了黑夜被狼吃了，就把它抱回来啦。"

日子一天一天过去，小白马在苏和的精心照顾下长大了。

它一身雪白的毛，又美丽又健壮，人见人爱，苏和更是爱得不得了。

一天夜里，苏和从睡梦中被急促的马嘶声惊醒。他想起小白马，便急忙爬起来。出门一看，只见一只大灰狼被小白马挡在羊圈外面。苏和赶走了大灰狼，一看小白马浑身汗淋淋的，知道大灰狼一定来了很久了，多亏了小白马，替他保护了羊群。他轻轻地抚摸着小白马汗湿的身子对它说："小白马呀！多亏你了。"

一年春天，草原上传来了消息，王爷要在喇嘛庙举行赛马大会，因为王爷的女儿要选一个最好的骑手做她的丈夫，谁要得了头名，王爷就把女儿嫁给谁。苏和也听到了这个消息，邻近的朋友便鼓动他，让他骑着小白马去参加比赛。于是，苏和牵着心爱的小白马出发了。

赛马开始了，许多身强力壮的小伙子扬起了皮鞭，纵马狂奔。到终点的时候，苏和的小白马跑在最前面。王爷下令："叫骑白马的上台来！"等苏和走上看台，王爷一看，跑第一名的原来是个穷牧民。他便绝口不提招亲的事，无理地说："我给你三个大元宝，把马给我留下，赶快回去吧！"

"我是来赛马的，不是来卖马的呀。"苏和一听王爷的话，顿时气恼起来。"我能出卖小白马吗？"他这样想着，不假思索地说出了那两句话。

“你一个穷牧民竟敢反抗王爷？来人哪，把这个贱骨头给我狠狠地打一顿。”不等王爷说完，打手们便动起手来。苏和被打得昏迷不醒，还被扔在看台底下。王爷夺去了小白马，威风凛凛地回府去了。

苏和被亲友们救回家去，在奶奶的悉心照护下，他休养了几天，身体渐渐恢复过来。一天晚上，苏和正要睡下，忽然听见门响。他问了一声：“谁？”但没有人回答。门还是砰砰地直响。奶奶推门一看：“啊，原来是小白马！”这一声惊叫使苏和忙着跑了出来。他一看，果真是小白马回来了。可它身上中了七八支利箭，跑得汗水直流。苏和咬紧牙，忍住内心的痛楚，拔掉了小白马身上的箭。血像喷泉一样从伤口处流出来。小白马因伤势过重，第二天便死去了。

原来，王爷因为自己得到了一匹好马，非常高兴，便选了吉日良辰，摆了酒席，邀请亲友一起庆祝。他想在人前展示一下自己的好马，于是叫武士们把马牵过来，想表演一番。

王爷刚跨上马背，还没有坐稳，小白马猛地一蹿，便让他一头摔了下来。白马用力摆脱了缰绳，冲过人群飞跑而去。王爷爬起来大喊：“快捉住它，捉不住就射死它！”箭手们的箭像急雨一般飞向小白马。小白马虽然身上中了几箭，但还是跑回了家，死在它最亲爱的主人面前。

小白马的死，给苏和带来了更大的悲愤，他几夜不能入睡。一天夜里，苏和在梦里看见小白马活了。他抚摸它，它也靠近他的身旁，同时轻轻地对他说："主人，你若想让我永远不离开你，还能为你排解寂寞的话，那你就用我身上的筋骨做一只琴吧！"苏和醒来以后，就按照小白马的话，用它的骨头、筋和尾做成了一只琴。每当他拉起琴来，他就会想起对王爷的仇恨；每当他回忆起策马疾驰时的兴奋心情，琴声就会变得更加美妙动听。从此，马头琴便成了草原上牧民的安慰，他们一听到这美妙的琴声，便会忘掉一天的疲劳。

成吉思汗西征的时候，大规模移民，将马头琴在内的蒙古文化传到了欧洲，俄罗斯也就有了马头琴，当地的人们也很喜欢这种乐器，一直到今天。

望娘滩

很久以前，灌县（都江堰前称）有一对母子俩相依为命，母亲腿脚不便，又是个眼睛不太好的可怜人儿，只是在家做些力所能及的家务事。儿子名叫聂郎，十四五岁，却已懂事。

儿子很孝顺，家里的重活都是他做的，但是因为被当地的恶霸欺负，家中的田地都被抢了去，为了能生活下去，聂郎只得上山割草卖，来供养母亲。生活虽艰苦，但勉强能活下去。

聂郎很快就要无草可割了，他害怕一旦没有了草，他和母亲就不能过活下去了。这时，他看见脚下一只大大的白兔溜过，于是他很高兴，因为有草的地方兔子才会去，于是聂郎赶紧追着兔子，很快就看见了兔子停留在不远处一丛茂盛的青草旁，正细细地咀嚼着。聂郎高兴坏了，赶忙跑上前去开始割草，那只兔子见了聂郎也不跑，继续在吃，聂郎很快就割满了草。这时神奇的事情发生了，只见那丛几乎被聂郎割完了的草丛，很快又长了起来，而且似乎更加茂盛了。聂郎十分奇怪，于是他拨开草丛，只见一颗大红色的珠子在草丛中闪闪发亮，足足有聂郎的半个拳头大。

聂郎看着珠子，有了私心，他决定把宝珠带回家。聂郎怀揣着宝珠，小心翼翼地回到家里，想要找个地方藏起来，最后没地方，他把珠子放在了仅剩下几斗米的米柜里，然后就去卖草了。

等到第二天，聂郎再次打开米柜，那所剩无几的米柜里竟生出满满一柜米来，聂郎见此，知道自己捡回了一个好宝贝。就这样，聂郎母子再也不用为了生计而担忧。

但是好景不长，这件事传到当地恶霸那里，恶霸便带人来抢宝珠。恶霸让聂郎交出宝贝，聂郎装傻充愣，恶霸见此，就用他的母亲威胁他。聂郎从米柜取出宝珠，不等恶霸来抢就一口将宝珠吞进肚里。聂郎吞下宝珠后，感觉自己口渴得难受，急忙跑到水缸旁，大口喝起来。很快水缸就见了底，聂郎还是觉得口渴，又马上跑到屋旁的小溪边继续大口喝着溪水，可是小溪的水也很快枯竭了。聂郎还是不解渴，他就索性往岷江边上跑去，母亲见儿子痛苦地跑走，从恶霸手上挣脱开来，跌跌撞撞地向儿子追去，母亲追着聂郎，看见儿子伏在岷江边喝水，母亲跑过去拉住聂郎，怕他掉进岷江里，可是儿子的身体突然间就从头开始变化，最后竟变成了一条活生生的巨龙。母亲抱住儿子还未变化的脚死死拽住。但此时怀中的聂郎轻松挣脱了母亲，向江中游去。母亲在岸边不停地呼唤聂郎，聂郎变化而成的巨龙听见呼唤就回头看看母亲，母亲声嘶力竭地呼唤了聂郎二十四次，儿子回头望了母亲二十四次，直到看不见母亲。巨龙每回一次头，岷江里就留下一个河滩，总共形成了二十四个河滩，这就是老灌县望娘滩的来历。

外国民间故事

青春的泉水（日本）

从前有一对老夫妇，老头子每天上山打柴，老太婆在家里操持家务。

有一天，老头子到森林里去打柴，到晚上还没有回来，老太婆整整等了他一夜。第二天一早，一个青年人背着一捆柴火到了她家。

老太婆仔细一看：这不就是她家的老头子吗？他怎么变得和二十岁的时候一模一样了？

“你这是怎么啦？”老太婆惊奇地问他。

她丈夫给她讲了以下一段故事：

“昨天我到山里去打柴，忽然刮起了一阵大风，一只我从来没有见到过的美丽的小鸟飞过来，在我的头上转了几圈就又飞走了。我跟着鸟儿往前走，它把我带到了一个奇异的山谷，那里鲜花盛开，四处飘香，风景美丽极了！不远的地方有一条小河。我渴了，就去舀河里的水喝。我一喝这种水，突然就感到浑身充满了力量。等喝够了，我就在山泉旁边睡着了。深夜，我醒来一看，月亮是那样明亮，鸟儿还在不停地歌唱。我一个人感到害怕，就连忙跑了回来。”

老太婆听了丈夫讲的这个离奇的故事，心里非常羡慕，就对丈夫说：“我也要找到这个泉水，我也要变得年轻！”

“好吧，你去找吧！”丈夫高高兴兴地给她指了路。

可是第二天，老太婆并没有回家。又过了几天，她还是没有回来。丈夫不得不去找她了。

他来到一片林中空地，一看，周围空荡荡的，一个人也没有。他心里越来越不安了，心想：“会不会是什么野兽把她吃掉了呢？”

他又到泉水边上走了一趟，还是没有找到老太婆的踪迹。他灰心了，刚要往回走，忽然听到一个小孩的哭声。

“有谁会把小孩带到这个荒凉的地方来呢？”他想着想着，便朝哭声传来的方向走去。

在一处茂密的草丛里，他发现了一个白色的东西，拿起来一看，原来是他家老太婆的一件衣服，里面裹着一个哇哇大哭的孩子。

“糟糕！我的老伴变成一个小娃娃了！”丈夫急得不知

如何是好。

娃娃朝他点点头，哭得更凶了。

“可怜呀可怜，这就是你呀，我的老伴！”老头子对她说，“你太贪婪，青春的泉水喝得太多了，你已经变成一个吃奶的娃娃了。现在可叫我怎么办呢？”

老头子没有别的办法，只好把他的娃娃老太婆捧在手上带回家。

从此以后，老头子每天都要抱着他的娃娃老太婆，挨家挨户地去求人家给她喂奶。

一寸法师（日本）

很早很早以前，有一位老爷爷和一位老奶奶。这对老夫妇没儿没女，因此十分盼望得到个小孩。盼呀盼呀，每天早晚，他们都向神仙祷告："请神仙赐给我们一个小孩，即使是还没有手指头大的小孩也好。"

结果，过了一段时间，老奶奶真的生了一个还没有手指头大的小男孩。虽然很矮小，但总归是个小孩呀，老两口儿精心抚养。这个小孩虽然很聪明，却总也不见长，因此，附近的大人们都管他叫一寸法师，小孩子们也嘲笑他是个小不点儿。

有一天，一寸法师想到京城去见见世面，就对他父母说："爸爸妈妈，请给我几天假。"

他父母听他这么一说，吃了一惊，问道："你想干什么呀？”

“我想上京城去见识见识，开开眼界，学点东西，将来当个有本事的人。”

“好呀，好呀！”老两口儿虽然放心不下，但想到一寸法师是这般聪明伶俐，也就立刻答应了。于是，一寸法师带上饭碗和筷子，他把饭碗扣在头上当帽子戴，把筷子当成手杖来拄着。还带上了一根针，用麦秸当鞘，插在腰上。他说了声：“那么，我走了！”就往外走去。走了不远，他遇见一只蚂蚁。因为他听人说过，沿着河往下游去就能到京城，所以一寸法师问蚂蚁道：“蚂蚁大哥，蚂蚁大哥，去河边怎么走？”

蚂蚁回答：“穿过蒲公英小巷，走到笔头菜路的尽头就到了。”

他往前走不远，就看见了蒲公英花开的地方，从那里进入小巷再往前走，果然能看到矗立着的笔头菜，那儿还流淌着一条大河。一寸法师赶紧摘下了一直当帽子戴的碗，把碗浮在水面上当船坐，把筷子当桨来划。

一寸法师刚一上船，碗船就漂走了，像箭一般飞快地前进，时而骨碌骨碌地打转转，时而随波摇晃，一直向下游漂去。漂流的树枝差点儿碰着他的碗船，他立即用筷子当桨，一划就闪开了。有一回，有条大鱼游来，几乎把碗船弄翻了，他好不容易用这支筷桨拨转船头，才避免了一场事故。

漂着漂着，水越流越慢，不一会儿，船就靠了岸，终于到京城了。

一上岸，他又把碗当帽子戴，把筷子当拐杖用，把针刀别在腰间。法师首先去拜访京城的大臣，他来到大臣的高宅大院门口，叫道："劳驾！有人吗？"

家丁答应："这就来。"走出去一看，门口一个人也没有。他觉得很奇怪，又走进去了。又有声音说："有人吗？劳驾！"

他又出来一看，还是一个人也没有。他又退回去，又有声音叫。他更觉得奇怪了，就又出去。他进进出出好几回，最后才在自己穿的木屐上看到，原来法师站在高齿木屐的屐齿之间呢。

"我是一寸法师，到京城来想学点本领，请把我收为侯爷的家将吧！"

听他这么一说，家丁立即跑到大臣那里报告："现在大门口来了一个名叫一寸法师的奇怪的小孩，他说他愿当侯爷的家将。他头戴碗帽，手执筷杖，腰别一根针刀。他的个子只有小指头那么丁点儿大。"

"哦？"大臣听了，觉得很惊奇，"这可是少见的小孩子，带进来看看！"

于是，家丁对一寸法师说："侯爷有请，请进来！"说着，他把一寸法师捏起，放在手心上，带到大臣面前。大臣也用手掌接过来，拿到眼前问：“你就是一寸法师吗？”

一寸法师回答：“是呀！您是侯爷吗？初次谒见大人，请您收我为您的家将吧！”说着，他在大臣的掌心上跪下行礼。大家看了，都十分惊讶。特别是大臣本人，更是觉得一寸法师又好玩，又可爱，真是爱不释手。

“好的，好的，一寸法师，我已接纳你为我的家将啦。”

“是，感谢侯爷！”一寸法师又在大臣的掌上磕头行礼，大家更是佩服得很。这时大臣问道：“喂，一寸法师，你能做什么？”

一寸法师回答说：“我什么都行。”

“那么，你在我手掌上跳个舞吧。”

于是，一寸法师在大臣的手掌上跳了个“掌上舞”。这真是精湛娴熟、饶有风趣的舞蹈，一寸法师仅仅这么一跳，就成了大臣家的红人，谁都想把他留在自己身边。大臣家的小姐尤其喜欢他。他的名声大振，不仅府上的人，就连大臣的亲戚朋友以及周围的邻居也都知道了。

大臣让家丁在小姐的桌子上搭起了一个玩具般的小屋，供法师起居生活。小姐看书时，他就给她一页一页地翻书，要么就在砚台边上像走钢丝那样走着玩，而且几乎每天都陪小姐去清水寺参拜观音菩萨。但是，跟在小姐后面走，一不小心就会被人或马踩着，还得随时随地警惕猫或狗。所以，小姐经常把他装在和服的袖兜里，或者藏在腰带结扣里。

有一天，他躲进小姐的腰带结扣里跟着出去，半路上有三个鬼，鬼鬼祟祟地瞧着他们，不知在说些什么。一寸法师想："这是不寻常的事，其中必有缘故。"想到这里，他从腰带里跳下来，朝着鬼跑去。

因为一寸法师个子小，鬼一点儿也没有发觉，还一面指着小姐的方向，一面议论着。有一个鬼说："咱们把从那儿经过的小姐和她带着的一寸法师抓走，好不好？"另一个鬼说："可是，看不见一寸法师呀！"第三个鬼说："嗯，他是个像豆粒那么大的孩子，藏在小姐身上的什么地方呢？不是袖兜里就是怀里。"三个鬼如此这般地谈着。

一寸法师听到这里，把别在腰间的针刀从麦秸鞘里拔出来。刚好有一个鬼弯起胳膊枕着脑袋，躺在地上谈话。法师"呀"的一声，把刀扎进这个鬼的大眼睛里。这个鬼还以为是什么虫子飞到自己眼前来了，惨叫一声，连忙用两只手掩住眼睛。另外两个鬼看到伙伴这个样子，就问道："怎么啦？怎么回事？"说着，他们弯下腰，细看被刺伤眼的鬼的面孔。

正在这时，一寸法师又跳起来，以迅雷不及掩耳之势，朝另外两个鬼的四颗眼珠嗤嗤嗤嗤地连扎了四针。鬼虽然力大无比，但眼睛看不见，什么也干不成，只好挥舞着手，用脚乱踢，向空中瞎扑一气。到后来，甚至互相又踢又打。有一个鬼号叫道："哎呀！受不了，不得了！"另一个鬼说："逃跑吧，逃跑吧！"第三个鬼嚷着："快跑，快跑！"于是，你东我西地逃命了。

鬼逃跑以后，一寸法师发现有一把小槌子掉在地上，这叫作万能小槌，是鬼的宝物。用这槌子一敲，要什么出来什么，这东西对人来说太有用了。由于鬼慌慌张张地逃跑，竟把它忘掉了。一寸法师捡起它来，拿到小姐跟前给她看。小姐看了，说道："一寸法师，这是万能小槌。用它一敲，要钱有钱，要米有米，你想要什么就出来什么！"

一寸法师却回答："我不要钱，也不要米，只要我的个子快快长高！"

于是，小姐拿着小槌一面敲，一面说："长！长！一寸法师的个子快快长！"于是，法师的个子眼看着就长起来了，他长成了一个正常身高的英俊的小伙子。后来，一寸法师娶了小姐，把老爷爷、老奶奶接到京城，一起过着安安乐乐的日子。

弃老山（日本）

有一位老爷爷和一位老奶奶，他们把儿子和孙子都养大了，自己却老得不中用了。

一天，儿子要把他们扔到弃老山里去，就让自己的儿子和他一块儿把老爷爷、老奶奶装在大筐里抬走了。儿子和孙子要回家的时候，孙子问："爸爸，我们要把这大筐拿回去吗？"

"没什么用了，一块儿扔掉算了。"

"等你老了的时候，这个大筐还可以用得上，我想还是拿回去的好。"孙子说。

"是啊，我也有老的时候，也会被扔到这个山里来。"儿子顿时醒悟，连忙把老爷爷和老奶奶抬回家里去了。

一个吹牛大王的经历（日本）

从前有一个人叫宫本，他特别喜欢吹牛，还爱嘲笑别人。每当有谁倒霉了，他就嘲讽说："你真笨，要是我就不会发生这种事，没人能骗得了我！"

有一次，宫本进城去买牛。他在市场上看中了一头高大强壮的牛，经过和卖主的一番讨价还价，终于成交了。

他牵着牛往回走，路过城门口时，忽然想去拜访他的一位朋友——鞋匠。于是，他就牵着牛来到鞋匠的作坊。

在那里，他又吹起牛来："你看，我买了一头多好的牛，你一辈子也甭想买到这样的牛！"

鞋匠有个徒弟叫依洛，他看那牛的确不错，好心地提醒道："这牛确实是头好牛。宫本先生，你可要小心，在路上别被人偷了。"

宫本轻蔑地一笑，说：“换成你倒是有可能。至于我，没人能骗得了我的。”

依洛见宫本走了，就对鞋匠说：“这个人太爱吹牛了，我想去治治他。”

“你怎么治他呢？”鞋匠问。

“我准备偷走他的牛。”

“不要说得那么轻巧，他是个不好对付的人。”

“我自有办法。”依洛说完，就从墙上取下一双新鞋子，追赶宫本去了。

依洛顺着小路走，一会儿便跑到了宫本的前面，把一只鞋子扔在了他要经过的路上，然后自己藏了起来。

宫本正哼着歌得意地走着，忽然看见了那只鞋。

“是谁竟然把鞋丢了呢？不过只有一只，否则我就捡回去了。”

他绕过了那只鞋，继续往前走。当他经过一片树林时，又看见了同样的一只鞋。

“又是一只鞋，看样子和刚才那只是一双。”他得意起来，“要是再把刚才那只拾起来，不就有一双新鞋了吗？”这样想着，他就把牛拴在大树上，赶紧向第一只鞋那儿跑去。鞋还在，他捡了鞋子，又赶回去。可是，当他来到那棵大树下时，却发现牛不见了。他找遍了树林，却没找到。

没有了牛，回去不好向妻子交代。他只好又返回城中，打算再买一头牛。

当他经过鞋匠作坊的门口时，鞋匠看见了他，招呼道：“宫本先生，你怎么又回来了？牛呢？”

宫本愣了一下，说：“嗯……牛嘛，我不喜欢它了，在路上把它卖掉了，卖了个好价钱。现在想重新买一头。”

鞋匠暗暗好笑，因为依洛已经把那头牛牵回来了，就藏在后院。见宫本还在吹牛，鞋匠就说：“正好，我有一头牛想卖，这可是一头好牛，不知你是否能相中。”

他们就来到了后院。宫本并没认出这就是他被偷走的那头牛，问道：“这牛你卖多少钱？”

“不要很多，和你第一次买的那头一样价钱。”

“什么？”宫本叫了起来，“你这头牛比我刚才买的那头差远了，我那头牛才叫壮呢！”

鞋匠说：“你不买算了，我这牛不愁卖不出好价钱。”

宫本只好按鞋匠要的价买下了自己的牛。

宫本离开时，鞋匠说：“路上小心，别把牛丢了。”

“不会的，没人能偷我的牛。”宫本又吹牛了。

依洛就笑着对他的师父说：“我再把他的牛偷回来，看他这次怎么办。”

鞋匠摇摇头说：“不可能的。他这次肯定不会上你的当了。”

“让我试试看。”依洛说完，跑了出去。他抄小路来到宫本第一次丢牛的那片树林里，正好见宫本过来了，他就哞哞哞地叫起来。

宫本听见了牛叫，心想：“这一定是我刚才丢失的那头牛，我马上去捉住它，就有两头牛了。”他把刚买的牛拴在一棵树上，就朝着牛叫的地方走去。奇怪，这头牛仿佛在和他捉迷藏似的，总是在离他不远处叫着，一直把他引到密林深处。他在那儿找了半天，也没发现牛，只好垂头丧气地回去牵他刚买的那头牛。可是，走到那儿一看，牛又没了。他只好又回到城里。

走过城门时，他碰见了正站在鞋铺门口的依洛。“怎么，你又回来了？你那头牛呢？”依洛故意高声问道。

“我把牛供奉给菩萨了，希望菩萨能保佑我。现在我到市场上去再买一头。”

“不必去市场了，你可以看看我师父的这头牛。”

宫本走到后院，见了那头牛说：“这牛根本不能和我刚买的那头比。”

鞋匠和徒弟忍不住大笑起来，他们笑得是那样响，把邻居都吸引过来了。鞋匠把宫本两次买牛，两次被偷，现在还要第三次来买同样的牛的事说了出来。邻居也哈哈大笑起来。

这时，鞋匠说："宫本，你要是改掉你吹牛的坏毛病，我就不要你这牛和钱了。"

宫本只好答应，毕竟买牛要花好多钱呢。

宫本买牛的故事很快传开了。后来，只要宫本一吹牛，人们就用买牛的事来取笑他，从此，他再也不敢吹牛了。

捧着空花盆的孩子（朝鲜）

很久很久以前，在某个国家，有一个贤明而受人爱戴的国王，他的年纪已经很大了，但是没有孩子。这件心事使他很伤脑筋。有一天，国王想出了一个办法，说："我要亲自在全国挑选一个诚实的孩子，把他收为我的义子。"他吩咐属下发给全国每一个孩子一些花种子，并宣布："如果谁能用这些种子培育出最美丽的花朵，那个孩子便是我的继承人。"

所有的孩子都种下了那些花种子，他们从早到晚浇水、施肥、松土，护理得非常精心。

有个名叫雄日的男孩，他也整天用心培育花种。但是，十天过去了，半个月过去了，一个月过去了……花盆里的种子依然如故，不见发芽。

“真奇怪！”雄日有些纳闷。

最后，他去问他的母亲：“妈妈，为什么我种的花不发芽呢？”

母亲同样为此事操心，她说：“你把花盆里的土换一换，看行不行。”

雄日依照妈妈的意见，在新的土壤里播种下了那些种子。但是，它们仍不发芽。

不久国王观花的日子来到了。无数穿着漂亮服装的孩子涌上街头，他们各自捧着盛开着鲜花的花盆，每个人都想成为继承王位的孩子。但是，不知为什么，当国王环视花朵，从一个个孩子面前走过时，他的脸上没有一丝高兴的样子。

忽然，在一个店铺旁，国王看见了正在流泪的雄日，这个孩子端着空花盆站在那里。国王把他叫到自己跟前，问道：“你为什么端着空花盆呢？”

雄日抽噎着，他把自己如何种花，但花种子一直不萌芽的经过告诉国王，并说，这可能是报应，因为他在别人的果园里偷摘过一个苹果。

然而国王听了雄日的回答，却高兴地拉着他的双手，大声地说：“这就是我的诚实的儿子！”

“为什么您选择了一个端着空花盆的孩子做接班人呢？”孩子们问国王。

国王认真地说："因为我发给你们的花种子都是煮熟了的种子。"

听了国王这句话，那些捧着美丽的花朵的孩子们，个个面红耳赤，因为他们播种下的是另外的花种。

九色鹿的传说（印度）

古时候，在一座景色秀丽的山中，有一只鹿，它的双角洁白如雪，浑身有九种鲜艳的毛色，漂亮极了，人们称它为九色鹿。

这天，九色鹿在河边散步。突然，一个人抱着根木头顺流而下，在汹涌的波浪中奋力挣扎，高喊："救命啊，救命！"美丽善良的九色鹿不顾自己的安危，跳进河中，它费尽九牛二虎之力，终于将落水人救上岸来。惊魂未定的落水人名叫调达，他得救后连连向九色鹿叩头，感激地说："谢谢你的救命之恩。我对天起誓，永做你的奴仆，为你寻草觅食，终生受你的驱使……"

九色鹿打断调达的话头说："你的心意我领了，但我救你并不是让你来做我的奴仆。快回家与亲人团聚吧。你只要不向任何人泄露我的住处，就算是知恩图报了。”

调达又起誓说：“恩人请放心，如果背信弃义，就让我浑身长疮，嘴里流脓！”说完，千恩万谢地走了。

后来有一天，国王妩媚动人的王妃梦到了有着九种毛色、双角银白的九色鹿，她突发奇想：如果用此鹿的皮毛做件衣服穿上，自己定会显得更加漂亮！于是，她娇嗔地对国王诉说了自己的美梦，要国王立即捕捉九色鹿，不然，就死在他面前。

国王无奈，只好张贴皇榜，悬重赏捕鹿，有知九色鹿行踪或捕获者，赠国土一半，并用银碗装满金豆，金碗装满银豆作为奖赏。调达看了皇榜，心中暗喜：我当国王，发大财的机会到了。虽然我对九色鹿立过誓言，但它毕竟是个畜生，怕什么？于是，他揭了榜文，进宫告密，说自己知道九色鹿居住的地方。国王闻言大喜，调集了军队，由调达带路，浩浩荡荡地前来捕捉九色鹿。

山林之中，春光明媚。九色鹿在开满红花的草地上睡得正香。突然，好友乌鸦高声叫喊道：“九色鹿，快醒一醒吧，国王的军队捉你来了！”九色鹿从梦中惊醒，起身一看，自己已处在刀枪箭斧的包围之中，无法脱身，再仔细一看，调达站在国王旁边，便明白了，心想：“即使死也要把他的丑恶嘴脸公布于众。”于是，九色鹿毫无惧色地走到国王面前，问：“国王，您是怎么知道我的住处的？”

“是他告诉我的。”国王指着调达说。

“您知道吗？”九色鹿说，“这个人在河中快要淹死时，是我救了他，他发誓不暴露我的住处。谁知道他见利忘义，反复无常。圣明的陛下，您竟然同一个灵魂肮脏的小人来滥杀无辜，岂不辱没了您的英名？”

此时，调达无地自容，身上长满了烂疮，嘴里流出了脓血，臭不可闻，遭到了报应。国王明白了事实真相，非常惭愧，斥责调达背信弃义，恩将仇报，传令收兵回宫，并下令全国臣民不许伤害九色鹿。

王妃没有得到九色鹿的皮毛，又羞又恨，最后被活活气死了。

国王的秘密（泰国）

古时候，泰国有一位国王整天愁眉苦脸，闷闷不乐。有一些老百姓很替他担忧，以为国王生病了。但是，宫廷大夫说："国王像水牛一般强壮。"另一些老百姓又担心，怕国王没钱花了。但是，宫廷司库说："国王拥有的财富和粮食都很多。"举国上下，议论纷纷，都希望能找到真正的原因，能揭开这个秘密。

然而，全国只有一个人知道国王的秘密，这个人就是国王的理发师。有一天，他在给国王理发时，偷偷地对国王说："陛下，臣明白您为什么不高兴。"

"你可不许对任何人讲。"国王马上制止道。

然而世上的事，往往是事与愿违的，这位理发师喜欢多嘴，不善于保守秘密，凡是他知道的事，怎么也藏不住，总会脱口而出。然而这一次，他下了最大决心不把这件事泄露出去，甚至连老婆问他，他也坚决地回答：“请原谅我。这一次，我决不泄露秘密。”

但是，老百姓探听到他知道国王的秘密，就成天围着他转，他走到哪里，人们就跟到哪里，希望从他身上打听到一些消息。因此，他成了全国瞩目的中心人物。有一次，理发师泛舟于大湖之中，立刻有许多小船围拢过来。此事过后，理发师为逃避人们的纠缠，远离城市到乡间去，没想到，又被附近的农夫包围了。

他到寺庙烧香拜佛，也被熙熙攘攘的香客围得进退不得。最后，他想也许待在家里可以清静些，结果连他的家也被人团团围住，不得安宁。理发师被弄得不知所措，痛苦极了。

理发师的处境使妻子很为他担忧，但同时也勾起了她强烈的好奇心，她多么想知道这其中的秘密。有一次，家里又是里三层、外三层地围满了人。妻子实在憋不住了，跑到丈夫面前恳求道：“告诉我吧，我决不告诉任何人。”此刻理发师已感到，国王的秘密再也保不住了。于是，他飞快地冲进国王的御花园，数百名群众在后面追赶着他。他钻进一个树洞里，不顾一切地撕裂着嗓门大声地讲出了国王的秘密。由于他太紧张了，声音在颤抖，以至于谁也听不清他嚷了些什么。然而这样做以后，理发师感到如释重负，轻松多了。

于是，他长长地吁出一口气，钻出树洞往家里走去。一路上，他感到今天的空气也格外清新，心情特别舒畅。

回到家里，当妻子恳求他将秘密和盘托出时，他非常轻松地说：“我再也没有什么秘密啦，因此也没什么可说的了。”

“可是你什么也没说呀。”妻子惊讶地反驳道。

理发师一笑了之。

事也凑巧，皇家乐师要为国王造一个大鼓。国王十分喜爱打鼓，而且有精湛的打鼓技巧。于是，乐师们来到御花园选择优质木材。更为凑巧的是，他们正好选中了理发师藏身过的那棵有树洞的大树。

他们锯下大树，由大象把它拖回王宫，用它制成了一个大鼓。当鼓制成后，国王举槌击鼓。“咚！咚！咚！”大鼓发出铿锵的隆隆声。国王满心欢喜，决定要在下一个重大节日里，在宫内表演一番。节日到了，数百名文武官员和百姓前来听鼓。国王举槌猛击大鼓。大家聚精会神地聆听：“咚——嗒嗒——咚”，但除了鼓声以外，还伴随着一个巨大的声音：“陛下的头秃顶啦，头秃顶啦！”

听众们啼笑皆非，有的人用手捂住嘴巴，生怕笑出声来。国王看上去比以前更加愁眉不展了，他恼羞成怒地喝道：“宫廷理发师在哪儿？”

于是理发师被带到殿前，国王训斥道：“你为什么把我的秘密告诉大树？”

理发师惊恐万状，但他还是把前前后后发生的事情统统照实对国王说了。

“放了他。”国王见他忠诚老实，就命令道，“这不是他的过错。他不知道那棵树能重复人的话。”

百姓们焦虑地等待着，看国王将如何处置理发师。就在这时，大鼓又嚷起来：“陛下的头秃顶啦，头秃顶啦！”大家面面相觑，不知如何是好，气氛显得异常紧张。

这时，国王打破了寂静，从容不迫地对众人说道：“是的，我承认这个事实。因为，没有任何人可以隐瞒自己的缺陷，也没有一个人是完美无缺的。”说着，国王坦然地笑了。这是多年来国王第一次笑。他的心情如此愉快，因为他再也没什么可隐瞒的了。

三个商人买三条猫腿（印度）

在一个村镇里，有这么三个商人，一个叫白胡子，一个叫没胡子，还一个叫秃头。他们仨合伙做买卖。他们有座仓库，里面装着地毯、披肩、绸缎、男女时装和其他一应物品。世上的商人都害怕盗贼，所以他们三个人雇了一个名叫阿里的穷人给他们看守仓库。

没想到，搅得商人们不得安生的不是小偷，而是老鼠。

仓库里老鼠成灾，把许多货物都咬坏了。

商人们吩咐阿里快去买一只猫来。

阿里说："我家有一只猫，很能捉老鼠，可以卖给你们。"

商人们问："你想要多少钱？"

阿里说："很便宜，每条腿要一个银币。"

这时，最吝啬、最狡猾的白胡子商人问："你的猫是四条腿吧？”

阿里回答说：“当然是四条腿。”

“那我们只买三条腿。顶用的猫有三条腿就能捉到老鼠。现在给你三个银币，我们买下三条猫腿，你把猫拿来吧！”

阿里问道：“那第四条腿是属于我的，对吗？”

贪财的商人们说：“是的。”

于是，阿里把猫放进了仓库。

谁料到，第一天就发生了倒霉的事：猫在捕捉老鼠的时候从货架上跌下来，把一条腿摔坏了。

商人们听说之后，异口同声地说：“快去找兽医看看！”

阿里说：“我将立即按你们的吩咐办。不过，尊敬的先生们，我想知道，你们谁给我钱去付医疗费？”

白胡子商人抢先声明：“我不付钱。我买的是左后腿，猫摔坏的是右前腿。”

没胡子说：“我付钱买的可是右后腿。”

秃头说：“我买的是左前腿。”

白胡子说：“属于阿里的那条猫腿摔坏了，医疗费应由阿里负担。”

阿里并没有争辩，他把猫装进口袋，进城去了。在城里，兽医给猫整了骨，把摔坏的腿包扎了起来。医生对阿里说：“一周后才能好。现在它只得用三条腿跳来跳去了。”

阿里把卖猫得来的三个银币付给医生当了诊费，然后带着猫回来了。夜里，他又把猫放进了仓库。

这一夜，老鼠可太多了。它们听说小猫摔断了腿，就闹腾得更加厉害了。可怜的猫儿为了捉老鼠，不得不用三条腿跳来跳去，好不辛苦！有一回，它在追捕一只最调皮的老鼠时，尾巴把油灯打翻在地上。这样，就引起了一场大火，仓库全烧掉了，货物变成了一堆灰烬。

商人们遭到这样惨重的损失，心里恼火极了，气得嗷嗷直叫。稍微冷静下来之后，他们说："全怪这只该死的猫，而这只猫又是属于四个人的，阿里该承担损失的四分之一。"

阿里说："我的全部财产就是一身破衣裳。可敬的先生们，你们从我身上是榨不出什么油水来的！"

白胡子说："我们的货物一共值一千卢比。如果你拿不出二百五十卢比，法官就会判处你做我们的奴隶，你将终生为我们白白干活。"

商人们拽住阿里的衣袖，把他扭送到法官面前。

白胡子商人手里抱着小猫，猫的一条腿上还扎着绷带。

白胡子对法官说："公正的法官先生，这只猫捉老鼠时用尾巴把油灯打翻了，引起了一场火灾，我们的货物全被烧光了。英明的法官，您说，难道猫的主人不应该平均分担这场火灾的损失吗？"

“应当。”法官说。

于是三个商人一起扑向阿里：“你听见尊敬的法官说什么了吗？快给我们二百五十卢比，不然我们就让你当奴隶累死。”

这个时候，法官提了一个问题：“为什么猫有一条腿被包扎起来了？”

商人们齐声回答：“猫捉老鼠时摔伤了一条腿，医生给它包扎起来了。”

法官问白胡子商人：“告诉我，为了医治猫腿，你付了多少钱？”

“法官先生，猫摔伤的那条腿，不是属于我的。”

“那么，请秃头商人告诉我，你付了多少钱？”

“善良的法官，我买的那条猫腿没有摔坏，我为什么平白无故地付钱呢？”

“那么一定是没胡子商人付的治疗费了？”

没胡子也连连摇头说：“不，猫摔伤的那条腿是属于阿里的，所以阿里付了这笔钱。”

法官问：“就是说，猫儿受伤的那条腿是阿里的？”

商人们又一次异口同声地说：“是的，是属于他的。”

“另外三条腿分别属于你们三个人？”

“是的，一点不错。”三人齐声答道。

这时，法官想了想又问："就是说，猫儿是用三条没受伤的腿跑的时候撞倒了油灯？"

三个商人连声说："是的，是这样。"

法官这才判定说："看守仓库的阿里一个卢比也不应当付给你们。猫之所以撞翻油灯造成火灾，是因为它在捉老鼠。当时，猫是用属于你们三个人的三条腿在捉老鼠，第四条腿受伤被包扎住了，并未参与捉老鼠。请你们走开吧，不要再打搅我了。"

听了这样的判决，白胡子气得把猫使劲扔到地上，把自己的白胡须扯掉了好几根，气急败坏地走出了法庭。秃头和没胡子也跟着白胡子跌跌撞撞地走了出去。

阿里对法官的公正判决非常满意，于是他抱着自己的猫儿回到自己的小草房里去了。

三个和一个（印度尼西亚）

从前，苏门答腊岛上有个贫穷的农夫。在他那一块小小的土地上，长着一棵独一无二的香蕉树。

这天，三个行人——和尚、医生和高利贷者，路过农夫的茅屋。高利贷者一眼看到了这颗香蕉树，便跟两个同路人说：“我们有三个人，而农夫只有一个人，他怎么能拦住我们津津有味地吃他的香蕉呢？”

于是，这批不老实的坏蛋，就满不在乎地当着农夫的面，吃起他的香蕉来了。

“你们在干什么呀，尊敬的先生们！”农夫绝望地叫道，“这是我的香蕉呀！”

“嘿，是你的，你有什么根据呀？”和尚厚颜无耻地问道。

“这香蕉很合我们的胃口，因此我们就吃啦！”医生补充道。

“别烦我们，要不，就叫你没有好下场！”高利贷者威胁道。

“他们有三个人，而我只有一个。”农夫想了想，“论力气，我对付不了他们，但总不能眼巴巴地看着他们在我这里无法无天呀。”

于是，他就对这群不速之客说道：“能在家里见到佛爷和名扬四海的医生，我感到非常荣幸。但是，使我震惊的是，像高利贷者这样卑鄙的家伙竟跟你们在一起！看，他是多么贪心呀，你们只摘了一根香蕉，他却摘了五根，而且都是些熟透了的呢！”

这时，和尚气愤地喝道：“你这个无耻的高利贷者！对你佛爷太不恭敬啦！快给我滚，要不，我们就教训你！”

“他们有三个人，而我只有一个。”高利贷者想了一想，就胆怯地溜掉了。

和尚和医生还在摘香蕉。

这时，农夫对医生这样说：“别生气，可敬的先生！我觉得您的医术是无法治好人的。”

“我的医术？你这个不学无术的人，懂得什么呀？我使多少人恢复了健康啊！”

“我看是佛使他们恢复健康的。”

“哪里是佛？是我替他们治好的，不是佛！”

“你说什么？你这亵渎神明的家伙！”和尚发起火来，“你胆敢怀疑佛的威力！”

“虔诚的佛爷啊，他冒犯神明！”农夫跟着和尚大声叫了起来，“跟这样亵渎神明的人在一起，真是天大的罪过呀！”

“马上给我滚开！”和尚喝道。

“他们有两个人，而我只有一个。”医生想了一想，慌忙丢下香蕉逃掉了。

当剩下农夫与和尚一对一的时候，农夫问和尚道：“啊！你研究过许多佛经，你说说看，难道佛经不禁止人们侵犯别人的财产吗？”

“不，佛经是禁止的。”和尚肯定地说。

“那你怎么吃别人的香蕉呢？”

和尚正考虑怎样回答时，农夫拿起了一根非常沉重的棍子，给和尚指了指路，说道：“走你的路吧，虔诚的佛爷。从今以后，你休想再靠近我的香蕉树了！”

和尚向农夫手中那根非常沉重的棍子鞠了一个躬，就急匆匆地逃走了。

机智的农夫就这样赶走了这群不速之客。

智慧胜过黄金（巴基斯坦）

有一天，商人和铁皮匠争论：财富和智慧，哪个更重要。商人说："如果穷得像田里的老鼠，智慧有什么用？"

"可是黄金也帮助不了傻瓜！"铁皮匠回答说。

"哼，你吹牛。"商人说，"黄金能够把一个人从任何灾难中救出来。"

铁皮匠不同意，说："没有智慧，黄金就一钱不值；有智慧，没有黄金，也能帮助人。"

"胡说！"商人生气了，"这是根本不可能的。如果你的智慧比我的黄金强，我送你一千卢比；如果我的黄金比你的智慧强，你做我的奴隶。你答应吗？"

"我同意。"铁皮匠回答说。

"那么，我们去找国王，把我们的争论告诉他，我们双方都不能反悔。”

接着，他们见到了国王，向国王诉说了他们争论的情况。这个国王既残酷，又凶恶，他没有一天不杀人。这一天，他已经杀了三个无辜的人。这时，国王看到商人和铁皮匠，想叫刽子手来把他们也杀了。但他想起了父亲的遗训：“一天杀人不得超过三个，否则没有人为你猎取大象，放牧你的马群，给你种棉花和水稻。”

国王不敢违背父亲的遗训，但他又想出了这样一条奸计，他交给商人一封用棕榈叶写的信，上面加了三道封漆，说：“你同铁皮匠到邻国去，把这封信转交给邻国的国王。你们回来时，我会赏赐你们。”

商人和铁皮匠到邻国去了，他们把信交给了邻国的国王后，就等待着国工说什么。国王去掉封漆，开出棕榈叶信，高声读了起来：“我的强大邻居！你要过好日子的话，就把这两个人杀掉！”

商人一听到信中写的内容，吓得马上跪在国王面前，哀求说：“国王饶命！我把黄金都给你，只要让我活命！”

国王微笑了一下，说：“我自己的黄金已够多了。卫兵！把这两人关押起来。一小时后，叫刽子手砍掉这两个外国人的头！”

卫兵们围住了商人和铁皮匠，牢牢监视着他们两人。商人哀求说："放我走吧，我一定重重谢你们，每人给一千卢比！"

"我们把你放了，国王就要砍我们的头。"卫队长叹了一口气说，"没有头，黄金也不能增添快乐。"

还没过一小时，刽子手来了，后面是国王和宫廷官员，刽子手刚拿起刀，铁皮匠就哈哈大笑起来。

"你笑什么，没理智的人！"国王感到十分奇怪。

"国王，我告诉你我笑的原因。五天之前，在我们国王的王宫里出现了一个伟大的预言者，这个预言者看到我们，就对我们国王说：'只要在你的国家里还有这个铁皮匠和这个商人，你的国家就要遭到可怕的灾难！例如，鼠疫、干旱、暴雨、饥饿。除掉这两个人吧，但你要记住，如果由你把他们杀死，你的国家里的各种灾难就会一齐发生。所以，你要想办法让别的国王杀死他们。这样，一切灾难就会降临到别的国家。'"

国王听了这个故事，勃然大怒，狂叫道："这么说，你们的国王是想要毁灭我的国家！你们回去吧，告诉这个不仁不义的家伙，六天后我的勇士们要踩毁他的土地，我要把他俘虏来，叫他在这里种田！"

铁皮匠和商人向国王行了礼，急急忙忙地回去了。在路上，铁皮匠对商人说："现在你明白智慧比黄金强了吧？要不是我，你现在头也没有了！快给我一千卢比！”

“我们先回家再说，”商人回答，“到了家里后再看情况。”

商人舍不得一千卢比，他决心要谋害铁皮匠。

三天后，他们就来到了本国国王面前，说：“邻国国王向您宣战，六天后他的军队要踏平我们的庄稼！”

国王听了，吓坏了，问：“那个国王为什么对我生气？”

这时商人抢着说：“这都是由于铁皮匠不好，那个国王才对您发火的。”

于是商人把一切经过都告诉了国王。国王听了，从王座上跳起来，叫道：“我要砍掉你们两个人的头！来人，快叫刽子手来！”

刽子手来了，商人跪在刽子手面前哀求：“先生，饶了我吧！我给你一头大象、一袋黄金。”

国王听到后，叫道：“你们两人叫敌人的军队来进攻我国，我非杀了你们不可！”

刽子手挥了一下刀，铁皮匠就哈哈大笑起来，笑得眼泪不断地流出来。刽子手感到奇怪，放下了刀，看着国王。

“没头脑的人，你笑什么？”国王问。

“我笑，是因为您要处死我。您却不知道，只有我一个人才能迫使敌人的军队退回去。您杀了我，您自己必定要遭受灾难，所以我笑了……”

“我倒要看看你的话对不对！”国王说，“你听着，如果你不能使敌人的军队撤退，我就要下令把你活活烧死。”

“您给我一匹马，敌人就不敢攻打您的国土。”

“给他一匹马！”国王下令说。

铁皮匠骑上马，迎着敌人的军队驰去。在国境线上，他看到了邻国的军队，怒气冲冲的邻国国王骑着马冲在最前面。铁皮匠骑着马走到邻国国王面前，挡住了他的路，说：“您先杀死我，然后踏坏我国田里的庄稼吧！要知道，只要我活着，士兵就没有一个能跨过边境线！”

邻国国王想：“如果我杀死他，那么可怕的预言就会实现，鼠疫、饥饿、旱灾就会降临我的土地！”

“不能杀！”国王叫道，“让你的国王把你杀死吧，我不是你的敌人！”

于是邻国国王命令军队撤走了。

铁皮匠回来见本国国王，说：“我已实现了自己的诺言，现在没有人威胁我们的国家了。”

国王非常满意，下令给铁皮匠一千卢比。铁皮匠把钱放进袋里，转身对商人说：“现在你把输了的钱给我吧！”

商人不得不付了一千卢比。铁皮匠背上钱袋，临别时对商人说：“要记住，黄金帮不了傻瓜，聪明的人没有黄金也能驱除灾难！”

时间的故事（埃及）

从前，在非洲有一个富人，名叫时间。他拥有无数的家禽和牲口，他的土地无边无际，他的田里什么都种，他的大箱子里塞满了各种宝物，他的谷仓里堆满了粮食。

这个富人拥有这么多的财产，连国外的人也知道了。于是，各国商人远道而来，随同的还有舞蹈家、歌手、演员。各国派遣使者来，只是为了要看一看这位富人，回国后就可以对百姓说，这个富人是什么样的，是怎么生活的。

富人把牛、羊、衣服送给穷人，于是人们说世界上没有人比他更慷慨了，还说，没有看见过富人时间的人就等于没有活过。

一年又一年过去，富人时间老了，生活不幸福了，财产日益少了，牲口也越来越少了，土地贫瘠了，谷仓空了。他的身体一年比一年瘦弱了，时间最后成了一个可怜的乞丐。

但不是所有人都知道富人时间的不幸，所以，有一天某部落仍派出使者来向富人时间问好。部落的人对使者说："你们到富人时间的国家去，要想办法见到他。你回来时，告诉我们，他是否像传说中的那么富有，那么慷慨。"

使者们就出发了。他们走了好多天，才到达了富人时间居住的国家。在城郊，他们遇到了一个瘦瘦的、衣衫褴褛的老头。

使者们问："这里有没有一个叫时间的富人？如果有，请告诉我们他住在哪里。"

老人忧郁地回答："有的。时间就住在这里，你进城去，人们会告诉你的。"

使者们进了城，向市民们问了好，说："我们来看时间。他的声名也传到了我们部落，我们很想看看这位神奇的人，准备回去后告诉同胞。"

正当使者们说这话的时候，一个老乞丐慢慢地走到他们面前。

这时有人说："他就是时间！他就是你们要找的那个人！"

使者们看了看又瘦又老、衣衫褴褛的老乞丐，简直不敢相信自己的眼睛。

他们问："难道这个人就是传说中的那个富人时间吗？"

当老乞丐走到他们面前时，使者们问道："请告诉我们，你真的是那个远近闻名的富人时间吗？"

老乞丐回答说："是啊，我就是时间。"

"这怎么可能呢？在我们国家里，只听到你有数不清的财产，而且非常慷慨，所以，国王派我们来看看你如何生活。时间，你告诉我，我们回去该怎么说？"

"是的，我就是时间。我现在变成不幸的人了。"老乞丐说，"过去我是最富的人，现在是世界上最穷的人。"

使者们点点头说："是啊，生活常常这样，但我们怎么对同胞说呢？"

老乞丐想了想，答道："你们回到家里，见到同胞，对他们说：'记住！时间已不是过去那个样子了！'"

勇士海森（埃及）

从前有一个女人，生了一个儿子，取名海森。海森力大过人，非常勇敢，人们给他起了个绰号，叫勇士海森。

海森为自己的绰号而自豪。每天早上醒来，他都要活动活动肌肉，然后挺起胸膛，走到母亲面前问道："妈妈，我是最勇敢的勇士吗？"母亲总是骄傲地回答："你当然是最勇敢的，我的儿子。"

有个邻居老太婆，没有孩子，非常嫉妒海森的母亲。一天，她对海森的母亲说："如果明天你的儿子再问你，他是不是最勇敢的勇士，你就说：'夏娃的后代多如牛毛，世界是广大的，我的儿子。'如果你不这样对他说，他就会被骄傲冲昏头脑的。"

海森的母亲听了邻居的话，当海森第二天早晨又向她提出问题时，她便回答："夏娃的后代多如牛毛，世界是广大的，我的儿子。"

"怎么？妈妈，你不相信我是最勇敢的勇士？"海森说，"好吧！我要出去周游世界。如果我发现了比我还要勇敢的人，我就永远不再回来了。"

母亲竭力劝阻海森，让他不要出去，可海森的决心是不可动摇的。他带上剑，装了满满一背囊粮食，告别了母亲，骑着马走了。他决心要看看世界上到底有没有比他更勇敢的人。

走呀，走呀，一天，他来到了一个荒凉的地方，发现前面不远处有两个人，一个骑着一头狮子，另一个骑着一只老虎。

"啊！"海森勒住了马缰，心想："他们两个人，一人骑狮子，一人骑老虎；我呢，骑的却是一匹马。看来，这两个人确实比我勇敢。"

海森想了想，决定和他们认识一下，以便更多地了解他们。于是，他来到那两个人面前，翻身下马，向他们施礼。那两个人回了礼，也分别从狮子和老虎身上跳了下来，欢迎海森，邀请他和他们一起休息一会儿，等炎热的中午过去再继续赶路。海森接受了邀请，就同他们一起坐在枣椰树下乘凉谈天。

太阳下山了，海森想，是动身的时候了，就问两个同伴要到什么地方去。那两个人说他们还想在这里住几天，轮流出去打猎和烤面包。他们问海森是否愿意和他们一起住几天。海森正想和他们较量一下力气和胆量，就欣然同意了。

第二天，轮到海森出去打猎，骑老虎的人捡柴，骑狮子的人留下来烤面包。

晚上，海森打猎回来不久，骑老虎的人也捡柴回来了，可是骑狮子的人却没有为他们准备好烤熟的面包。

“噢！”骑狮子的人说，“我把面包烤得又热又香，等你们回来吃，可是来了一个饥饿的老头，他向我要面包吃。”

“你做得很对！人嘛，应该互相帮助。”海森高兴地说。那个骑老虎的人却什么都没说。

过了一天，轮到海森捡柴，骑狮子的人打猎，骑老虎的人留下烤面包。

和头一天一样，当海森和骑狮子的人回来时，骑老虎的人也没有把面包烤好。

“这回面包又到哪儿去啦？”海森问。

“噢！”骑老虎的人回答，“我把面包烤得又热又香，可是来了一个饥饿的老头，他向我要面包吃。”

“你做得很对！人嘛，应该互相帮助。”海森仍然这样说。可那个骑狮子的人却一言不发。

第三天，轮到海森烤面包，那两个人出去打猎、拾柴。海森计算好了时间，开始做面包。他把面揉得不软不硬，做成面包条，放在噼啪作响的柴火上烤。

不一会，荒野上就满是面包的香味。海森闻到面包的香味，直流口水。“这面包闻着真香，吃起来一定更香。”他一边从火上把烤好的面包拿下来，一边想：“这回呀，那个饥饿的老头连一点面包屑也休想得到。”

其实，根本没有什么饥饿的老头，只有一个黑色巨人。他从地下的大黑洞里爬出来，要海森把所有的面包都交给他。

海森打量了一下这个巨人说：“这么说，你就是那个每天都来抢面包的饥饿的老头？”

“是的，”巨人说，“你放聪明点，赶快像你的那两个同伴一样乖乖地把面包交给我。要不然的话，你可是自找麻烦。”

“我喜欢麻烦！”海森高声叫道，“我决不把面包给你！”

“那我只好把你杀死！”巨人说着，就伸出可怕的大手来抓海森。

海森迅速地拔出剑，在巨人还没有碰到他的时候，他就一剑割下了巨人的头。

“哈哈！”巨人肩膀上马上又长出了第二个头，他嘲弄地大笑道，“你没想到吧？我还有第二个头。”

“你也不知道我还有第二把剑！”海森麻利地拔出第二把剑，割下了巨人的第二个头。

“哈哈！”巨人的肩膀上又长出第三个头，他又大笑道，“我还有第三个头。”

“你看，我也有第三把剑。”海森拔出第三把剑，割下了巨人的第三个头。

就这样，海森一连割下了巨人的六个头。最后，他割下了第七个头，巨人就像一块沉重的大石头，倒在地上死了。

海森仔细地检查无头尸体，发现巨人的左腿上有一块凸出的东西。他用剑在上边划开一个口子，露出一个透明的小盒，里面有七只绿色小鸟。他把小盒取出，放在自己的口袋里。

不久，打猎、捡柴的两个人回来了，他们向海森要面包吃。

海森拿出了烤好的面包，那两人都羞愧地低下了头，一声不吭。海森指着巨人的无头尸体，冷冷地说：“每天来向你们要面包吃的那个饥饿的老头已被我杀了，尸体就在这里。”

那两个人低着头，无言以对。海森接着说：“我们到巨人居住的那个世界去看看好吗？我走在前面，抵挡危险。”

那两个人为了掩饰他们的怯懦，就一起叫了起来：“不！不！我们要走在前边抵挡危险。”

“好吧，那我们就轮流走在前边吧。”海森说。他把一条绳子束在骑狮人的腰上，然后把他慢慢地吊进黑洞去，可刚刚放到一半，他就大叫起来：“火！火！快点把我拉上来！”

海森把他拽上来，解下他腰上的绳子，系在骑虎人的腰上，然后把他吊进洞去，可是刚放到一半，他也大声喊起来：“火！火！快把我拽上来！”

海森又把他拽了上来。这回该轮到海森下洞去了，他的两个同伴将绳子系在他的腰上，放他下洞。刚下到一半，他也感到有火在燃烧，可是他却大声说：“继续放！继续放！快点！快点！”他终于到达了洞底，发现洞里有一座宫殿，洞里面的泉水不停地喷涌，空气凉爽舒适。

海森在洞中穿来走去，被这里的景色迷住了，他很想知道谁是这个宫殿的主人。

突然，海森听见什么地方有人低声哭泣。他顺着声音找去，在一个小屋里，发现了一个年轻美丽的姑娘被捆在床上，动弹不得。

海森走到床边问：“你是人，还是鬼？”

“我是人。”姑娘回答，“一个大黑怪把我抢来，硬逼着我嫁给他，我拒绝了，他就天天打我，把我捆在这里，怕我逃跑。”

海森替姑娘松开绳子，告诉她那个黑怪已经被杀死了，再也不会来欺负她了，还说要把姑娘送回地面去。

姑娘听了非常高兴，她很感激海森，于是就把黑怪的秘密宝藏告诉了海森。姑娘帮助海森把金子和宝石装进了许多口袋里，海森用绳子把口袋捆好，然后发信号给上面的人，让他们往上拉。运完宝石和金子，海森又将绳子系在姑娘身上，姑娘也被安全地拉了上去。最后，该轮到海森了。可是，那两个人看到不但有这许多金子和宝石，还有一位美丽的姑娘，就起了坏心，把海森拉到一半就松了手。海森一下子掉了下去。

由于往下掉的冲力很大，海森砸穿了一层地面，来到了更下一层的世界中。他看到那里的人都在不停地哭泣。海森问他们发生了什么事情。人们告诉他，这里有一个海神，他每年都要娶一个漂亮的姑娘做新娘。现在，轮到国王的女儿了，她必须嫁给那个海神。

海森让他们带他去见国王的女儿。他发现国王的女儿正一个人坐在海边呜咽，等着海神来娶她。

海森坐在她旁边安慰她。姑娘感谢海森的好意，劝海森马上离开，否则海神会把他杀死的。海森只是大笑，他把头枕在姑娘腿上，告诉她，如果海神出现，就赶快叫醒他。说完，他就睡着了。

过了一会儿，姑娘看到海神从海里出现了，便害怕地哭了起来。泪珠落在海森脸上，海森一下子醒了过来。“你快逃命吧！”姑娘哭着说，“否则，海神会杀死你的。”可海森却勇敢地站起来，拔出剑来。

“海森，你快给我滚开，把新娘留下！”海神威胁道。

海森并不答话，他举起剑猛地向海神头上劈去，海神却一动也不动。

“你在白费力气，海森。”海神嘲笑说，“我不会像凡人那样死掉，我的生命并不在我身体内。”

“这么说，我的命运都捏在你的手心里，我是必定要死的了！你能告诉我，你的生命藏在什么地方吗？我马上就要死了，永远不会泄露秘密的。”

“我的生命藏在七只活着的绿色小鸟中，这些小鸟被关在黑色巨人左腿上的透明小盒里，而这个巨人却生活在上面一层的世界中。海森，你的死期到了！”海神狂妄地说。

海森听了海神的话，想起他从黑色巨人的左腿上取下的那个透明小盒中的七只绿色小鸟。于是，海森请求海神给他一点时间，他好把自己的灵魂还给上帝。海森转过身来，偷偷地拿出那个小盒，打开后一下子用手掐住了那七只小鸟的脖子。只听海神一声怪叫，掉进海里死了。

那些躲在远处观察的人们涌上前来，他们高兴得又喊又叫，都夸海森真勇敢。他们把海森举起来，送到了国王那里。国王非常感谢海森救了他的女儿，答应把女儿许配给海森，并把财富分给他一半，海森都谢绝了。

“我只有一个要求，”海森对国王说，“请你帮助我，把我送回上面的世界去。我是属于上面那个世界的。”

“我会这样做的。”国王说。他立即召集了全国最有能力的术士和魔术师，命令他们设法满足海森的要求。

术士和魔术师们在那里坐了整整一夜，不停地念着咒语。天亮时，他们让海森坐在一只魔鹰的翅膀上。这只鹰飞过七层世界，最后终于把海森送到了最上面的世界。

海森上来后，找到了那两个骑狮子和骑老虎的人，他们正为谁能独占那个姑娘和全部财宝而互不相让，争吵不休。海森杀死了这两个家伙，带着姑娘和财宝回到了母亲那里，并把全部经过告诉了母亲。

第二天清晨醒来后，海森活动了一下肌肉，挺起他的胸膛，走到母亲面前问：“我是最勇敢的勇士吗？”

这一回，母亲毫不犹豫地回答：“你确实是最勇敢的，我的儿子。”

聪明的法蒂玛（阿拉伯）

我们这里有个叫法蒂玛的小姑娘，村里人都叫她美丽的法蒂玛。法蒂玛不但美丽无比，而且聪明过人。

一天，法蒂玛和同村的五个女孩子一道去森林里拾柴。归来时，她们迷路了，而后她们发现在密林深处有一个火堆。她们来到火堆旁，看见那里坐着一个丑陋的老巫婆。

老巫婆一见她们便哈哈怪笑，说："啊！真主总算把你们全给我送来了。哦，六个，一共六个。这可太好了。我可要先喂喂你们啦！"说着，便拿出几块烧饼给她们吃。

法蒂玛看看烧饼，又看看老巫婆，低声对同伴们说："我看她准是个老巫婆，不要吃她给的东西。"说完，又故意高声地对老巫婆说："烧饼烤得又干又硬，让我们到河边去取点水来再吃，好吗？"

“不行，不行。如果让你们到河边去，你们会从那儿溜走的。”

“难道你不会用绳子把我们一个个拴起来吗？那样，我们就都跑不了呀！要不然，你替我们去河边打水也行！”

老巫婆想了一下，说：“好，我就把你们一个个都拴起来。那样，我只要拉一拉绳子头，就知道你们还在不在。”

于是，六个女孩都被放到河边打水去了。

老巫婆坐在林中，一会儿拉拉这根绳子头，说：“嗯，她还在！”一会儿又拉拉那根绳子头，说：“哈，她也在！”就这样，她放心了。

哪知法蒂玛早已把拴住她们的绳子的另一头解开，系在树上，然后一起溜走了。

六个小姑娘拼命地向前跑啊跑。

老巫婆等了半天，不见她们回来，便起身去河边寻找。当她发现自己上当后，非常气恼。她一边追赶，一边狂叫着：“小丫头们，你们竟敢欺骗我。看我把你们一个个都给抓回来！”说着，她念起了咒语：“前有大河，河中有大鳄。英雄好汉，也难逃脱。”

六个小姑娘拼命地向前跑啊跑啊，眼看老巫婆快要赶上来了，她们又被一条大河挡住了去路。

法蒂玛眼尖，一下子就看到了河中的鳄鱼。她高声地向鳄鱼叫道："鳄鱼大哥，请您驮我们渡过河去，好吗？"

鳄鱼问："你们给我什么报酬？"

法蒂玛说："您先把她们五个渡过去。然后，您可以吃掉我。"

"好吧！"于是，鳄鱼一边渡着，一边数着，它把法蒂玛的五个同伴一个一个地渡过河去后，高兴地说："好啦，下面一个就该给我当点心了。"

恰好这时老巫婆已追到河边，她不问青红皂白，一下就趴到鳄鱼背上，连连说："快渡！快渡！"鳄鱼把老巫婆渡到河心，便沉下去，一口把她吃掉了。但是，它很遗憾地自言自语："这难道就是刚才那个胖丫头吗？怎么尽是一些骨头渣呀？"

法蒂玛到哪儿去了？

原来，聪明的法蒂玛早在鳄鱼渡第五个小女孩时，就悄悄地抓住鳄鱼的尾巴，一道游过去了。

渔夫与魔鬼的故事（阿拉伯）

从前有一个渔夫，家里很穷，他每天早上都到海边去捕鱼。但他立下一条规矩，每天至多撒四次网。有一天早上，他撒了三次网，却什么都没捞到。他很不高兴。第四次把网拉拢上来的时候，他觉得太重了，简直拉不动。他就脱了衣服，跳下水去，把网拖上岸来。打开一看，发现网里有一个胆形的黄铜瓶，瓶口用锡封着，锡上盖着所罗门的印。

渔夫一见，笑逐颜开，说道："我把这瓶子带到市上去，可以卖十块金币。"

他抱住铜瓶摇了一摇，觉得很重，里面似乎塞满了东西。

他自言自语地说："这个瓶里到底装的什么东西？我要打开来看个清楚，再拿去卖。"

他就从腰带上拔出小刀，撬去瓶口上的锡封，然后摇摇瓶子，想把里面的东西倒出来，但什么东西也没有。他觉得非常奇怪。

隔了一会儿，瓶里冒出一股青烟，飘飘荡荡地升到空中，继而弥漫在大地上，又逐渐凝成一团，最后变成了一个巨大的魔鬼，他披头散发，高高地耸立在渔夫面前。

魔鬼的头像堡垒，手像铁叉，腿像桅杆，口像山洞，牙齿像白石块，鼻孔像喇叭，眼睛像灯笼，样子非常凶恶。

渔夫看见这可怕的魔鬼，呆呆地不知如何应付。一会儿，他听见魔鬼叫道："所罗门啊，别杀我，以后我不敢再违背您的命令了！"

"魔鬼！"渔夫说道，"所罗门已经死了一千八百年了。你是怎么钻到这个瓶子里的呢？"

魔鬼定神一看，眼前的不是所罗门，而是一个渔夫，便说道："渔夫啊，准备死吧！你说选择怎样死吧，我立刻就要把你杀掉！"

"我犯了什么罪？"渔夫问道，"我把你从海里捞上来，又把你从铜瓶里放出来，救了你的命，你为什么要杀我？"

魔鬼答道："你听一听我的故事就明白了。"

"说吧，"渔夫说，"简单些。"

"你要知道，"魔鬼说，"我是个无恶不作的凶神，曾经跟所罗门作对。他派人把我捉去，装在这个铜瓶里，用锡封严了，又盖上印，投到海里。我在海里待着。在第一个世纪里，我常常想：‘谁要是在这个世纪里解救我，我一定报答他，使他终生享受荣华富贵。’一百年过去了，可是没有人来解救我。第二个世纪开始的时候，我说：‘谁要是在这个世纪里解救我，我一定报答他，把全世界的宝库都指给他。’可是没有人来解救我。第三个世纪开始的时候，我说：‘谁要是在这个世纪里来解救我，我一定报答他，满足他的三个愿望。’可是整整过了三百年，始终没有人来解救我。于是，我非常生气，我说：‘从今以后，谁要来解救我，我一定要杀死他，不过准许他选择怎样死。’渔夫，现在你解救了我，所以我允许你选择你的死法。”

渔夫叫道：“好倒霉啊，碰上我来解救你！是我救了你的命啊！”

“正因为你救了我，我才要杀你啊！”

“好心对待你，你却要杀我！老话确实讲得不错，这真是‘恩将仇报’了！”

“别再啰唆了，”魔鬼说道，“反正你是非死不可的。”

这时候，渔夫想：“他是个魔鬼，我是个堂堂的人。我的智慧一定能压制他的妖气。”于是他对魔鬼说：“你决心要杀我吗？”

“不错。”

“凭神的名字起誓，我要问你一件事，你必须说实话。”

“可以，”魔鬼说，“问吧，要简短些。”

“你不是住在这个铜瓶里吗？可是照道理说，这个铜瓶既容不下你一只手，更容不下你一条腿，怎么容得下你这样庞大的整个身体呢？”

“你不相信我住在这个铜瓶里吗？”

“我没有亲眼看见，绝对不能相信。”

这时候，魔鬼摇身一变，变成一团青烟，逐渐缩成一缕，慢慢地钻进了铜瓶。

渔夫见青烟全进了铜瓶，就立刻拾起盖印的锡封，把瓶口封上，然后学着魔鬼的口吻大声说：“告诉我吧，魔鬼，你希望怎样死？现在我决心把你投到海里去！”

阿里巴巴与四十大盗（阿拉伯）

一

多年以前，在波斯某一城市有兄弟两人，一个叫卡西姆，另一个叫阿里巴巴。他们的父亲曾留给两人一小笔财产。这财产两人均分了，但不久就被全部用尽。老大呢，娶了一个富商之女为妻，之后又开了一家大的店铺，而且还有了一座里面装满贵重物品的仓库。至于老二阿里巴巴，则娶了一个贫苦人家的女儿，依靠每天在丛林里砍木柴卖钱为生，生活甚是艰难。

有一天，阿里巴巴砍了许多柴，多得使他的几头骡子用尽全力才能驮完。正在这时，远方突然有一大团烟尘向他滚滚扑来。等烟尘靠近时，他才看清，是一群人骑了快马朝他风驰电掣般地飞奔而来。他很担心这些人是一伙强盗，会将他和他的骡子全部杀死，因此他把骡子赶到一片矮树丛里躲起来，而自己则藏在一棵树上。这棵树紧靠一片耸立的悬崖绝壁。当马队到了这里时，骑手们都下了马，不再前进。阿里巴巴数了一下，一共四十个人，而且他断定这些人是一伙刚抢劫过商队的大盗。

这些人来到阿里巴巴所藏身的大树底下时，解开马缰绳，卸下马鞍上的袋子，每个袋子看起来都非常沉重。这时候，众强盗中的一人，也就是强盗头子，穿过矮树丛，走到悬崖附近的一块大岩壁前，大喊一声："芝麻开门！"岩石上一下子就开了一扇门，等所有强盗都进入门内后，门就自动关了。阿里巴巴一直躲在树上，一动也不敢动，以免强盗跑出来把自己杀死。

过了很久，门突然又打开了，强盗头子站在门口守着。每出来一个人，他都计算数目。等所有的人全从石洞里走出来后，他就念了魔咒："芝麻关门！"于是，洞门便关闭了。

阿里巴巴一声不响地躲在树上，直到强盗们走得很远，一点也看不见为止。这时，他自言自语地说："我倒要看看是不是我一下命令这门也会自己开关。"于是他便大叫一声："芝麻开门！"

他刚一说完，门马上就开了。他看到了一个巨大的岩石山洞，光线由洞顶的缝隙透了进来。洞里放满了一大包一大包的东西，还有一堆堆金币，有的钱装在布袋里，还有不少钱散放在地上。看见这些宝藏，阿里巴巴深信这个洞多年以来一直是强盗们的仓库。阿里巴巴并没有一直站在那儿盘算自己该怎么办，而是走进洞里去。他刚一进洞，门就在他背后关上了。他没有因此而不安，因为他已牢牢记住了能叫门再自动打开的咒语。他并不在意自己身旁那一包包珍贵的货物，只拿了几口袋金币，出洞后他把钱驮在骡背上，接着就用几捆柴覆盖在钱上，大喊一声："芝麻关门！"门又关上了。

阿里巴巴用最快的速度匆匆赶回家去见妻子。进大门后，他先将大门牢牢闩好，然后便把那些闪闪发光的钱币倒了出来，向妻子诉说了自己的奇遇。他妻子听了，大为惊异，马上就去数金币。

"你也太笨了。"阿里巴巴对妻子说，"我们应该先在地上挖个洞，把财宝藏起来，以免邻居发现咱们的秘密。"

"很好。"她说，"可首先我得称一称金币，这样才能知道我们有多少钱。"

"只要你能保密而且能快点儿干。"阿里巴巴回答，"你愿意怎样就怎样吧。"于是，她立刻去卡西姆家借秤。

卡西姆的老婆十分好奇，她想知道她弟媳究竟要称什么好东西，所以就偷偷地在秤盘底下抹了一些蜡和羊板油。阿里巴巴的妻子丝毫没有注意这些，就去称金币了，而阿里巴巴则忙于挖洞来埋金币。当这一切都完成了，金子也稳稳当当地藏起来后，她跑去哥嫂家还秤，竟一点儿也没注意到秤盘底下抹了蜡和羊板油的地方黏上了一枚小小的金币。

卡西姆的老婆一见秤盘底下黏的那枚小金币，就自言自语地说：“什么！他们夫妻二人能有那么多金子，竟需要用秤来称吗？”她大为惊异，不知道像阿里巴巴这样的穷人怎么会弄来这么多钱。她丈夫当晚一回到家，她就对丈夫说：“卡西姆呀，你可以认为自己是个富人，但阿里巴巴实际上比你有钱得多。他的金子如此之多，竟然得借用我们的秤来称。”她便把弟媳借秤之事一五一十地说给丈夫听，而且还拿出她在秤盘底下找到的那枚小金币给他看。

听到自己弟弟发财的故事以后，卡西姆不但没有高兴，反而妒火中烧。他彻夜难眠，第二天一大早便去阿里巴巴家，要弟弟把事情说清楚。阿里巴巴这时发现自己再也无法保密，就告诉了哥哥一切经过，而且还答应给他一部分财宝。

“我要自己去取那些宝贝，”卡西姆很不礼貌地说，“告诉我山洞在哪里和怎样去开门。要是你不肯说出来，我就不替你保密，那你就会失去你已经拿到的一切。”

阿里巴巴照哥哥的话做了，与其说是由于受到哥哥威胁，还不如说是因为他自己的心地仁厚。他把岩洞和悬崖峭壁的情况，以及能使洞门开关的咒语一五一十地全告诉了哥哥。而卡西姆，非常仔细地听着弟弟的这些交代，第二天就雇了十头骡子前往岩洞。他到了悬崖附近之后，首先确认自己找到了门，然后就大叫一声："芝麻开门！"使他大为高兴的是，洞门立即敞开，他一下子便看见了洞内堆积如山的财宝。

当他兴冲冲地走进岩洞，站在那里吃惊地望着眼前的这一片金银财宝时，他身后的门也就随之关闭了。他兴高采烈，东走西逛，饱览着那一匹匹绫罗绸缎和一堆堆璀璨的宝石。终于，他开始动手了，把金子整整装满了十袋，放在门口准备装上骡背。由于他太忙了，加上一心一意地想看自己的财宝，竟把开门的咒语忘得一干二净。他不是喊"芝麻开门！"而是大喊大叫"大麦开门！"他惊慌失措地发现大门依然紧闭，纹丝不动。他在极端焦虑中，把自己能记得的一切谷物的名字一遍遍地重复，却始终想不起咒语中的那个词，就仿佛他从未听见过那个名字一样。他从肩上甩下那些装黄金的袋子，绝望地在洞里走来走去。

大约到了中午，众强盗偶然经过自己的宝库，吃惊地发现了卡西姆拴在门口的骡子。一些强盗就去树林里搜寻骡子的主人。强盗头子则赶快下马，念了开门的咒语，打开了大门。

卡西姆在洞内听见马蹄的声音，便知道强盗们已到门外，随时可以杀死自己。他决心逃跑，所以大门一开，他立刻冲了出去，一下子把强盗头子撞倒在地。然而，他很快就被外面的强盗制服了。这些人用剑刺向他，把他杀死了。

卡西姆已经装好了的布袋很快就在洞内被发现了，而阿里巴巴原先拿走的财宝却未被发现，因此，强盗们无人怀疑另外还有一人也知道了他们的秘密。可万一有人知道了怎么办呢？于是，强盗们便一致同意对敢来盗宝的人先行警告，使他知道当窃贼的下场会是什么。于是，他们就把卡西姆的尸体肢解了，挂在洞内。然后，他们重新上马，在路上埋伏，等待下一个商队的到来。

到了晚上，卡西姆还没回家，他的妻子深感不安，就跑到阿里巴巴家哭着说：“兄弟呀，卡西姆到现在还没回家！我知道他到哪儿去了，也知道他去干什么事，我真害怕他遭到不幸了。”

阿里巴巴对此也忧虑不安，以致彻夜未眠。第二天一早，他就赶着骡子向森林走去。他一到岩石边，就看见附近有打斗的痕迹，心里极为震惊，赶快走向山洞。大门一开，他就发现自己最害怕的事情已经发生了，为了保护自己的安全，他立刻匆匆用布包了哥哥的遗体，装到一头骡子背上，用柴小心掩盖好。他又拿了几袋金子驮在另外两头骡子背上，念了咒语，把洞门关上，赶回家去了。到家后，他把金子交给妻子保管，而把装尸体的袋子搬往哥哥家，轻叩着嫂嫂的大门。

卡西姆的妻子有个女奴，名叫莫姬雅娜，她为人非常精明，一听敲门声便下了门闩，请阿里巴巴进院子来。嫂嫂也立刻从房里出来，一边哭一边说："阿里巴巴哟，你脸上已满面愁容，快对我说出了什么事啦！"

阿里巴巴把事情告诉了她，另外还加了一句："要来的已经来了，剩下的事就是我们必须保密。"这位不幸的嫂嫂也同意弟弟的这一建议。阿里巴巴就和莫姬雅娜商量了一下，要女奴照他的话去做，赶快去找药店。交代完这事后，他便回家去了。

"是你主人家的哪位病了呢？"药店售货员问莫姬雅娜。

"我的天呀！"她哭着说，"卡西姆病得快死了，他已经既不能吃东西也不能说话了。请您马上把刚才医生开的这种猛药卖给我吧，不然我怕我的这位好心的主人活不成了。"

这一整天，阿里巴巴夫妻二人来回奔波于自己家和哥哥家，众人都看见了，因此，当晚卡西姆病死一事，谁也没有怀疑。

次日一大早，莫姬雅娜找到了一个名叫巴巴·穆斯塔法的老皮匠，拿出两枚金币给他。

"这钱是给你的。"她对皮匠说，"请拿着你的缝补家什和我走一趟，不过，当我们走到半路某处时，你得让我蒙起你的眼睛来，以免你知道我们要去的地方。"

巴巴·穆斯塔法一边看着手里的金币（当时天还没亮，以至于他很难看清究竟是多少钱），一边回答说："嗯，你给的钱可不少呀。赚人这么多钱，你要求我干什么呢？难道是让我去干坏事？”

“真主在上，决不许人干坏事！”莫姬雅娜说，“你就跟我走吧，什么也不用害怕。”

皮匠同意了以后，莫姬雅娜便领着他走，到了她说的那个地方后，她拿出手帕蒙住了皮匠的两眼。于是，她就把皮匠领到主人家，到一个光线很暗的房子里之后，才把手帕取下。她嘱咐他把死者被切断的肢体都缝在一起，以便为死者举行一个体面的葬礼。皮匠完工后，她又给了他一枚金币，然后仍然用来时的办法把他送回店里。这以后，家人就为死者按常规穿好寿衣，向邻居及亲朋好友发出讣告，再按丧葬习俗虔敬地完成了一切礼仪。

一切都进行得有条不紊，没引起任何人的怀疑。几天以后，作为死者亲弟弟的阿里巴巴，就把自己的财产搬到嫂嫂家里。每次搬时都特别注意，一定在夜深人静时才搬。此后不久，他便正式宣布与嫂嫂结婚。对这个消息，谁也没有感到惊奇。

二

当四十大盗又回到森林里他们的宝洞时，他们找不到卡西姆的尸体，极为沮丧。

强盗头子说：“我们必须查清事实，要不然我们将失去所有宝藏。”

于是，众强盗决定派他们中的一个人化装出去，找出知道他们秘密的那个人。有一个强盗当即自告奋勇地担负起查访任务，而且愿意立下军令状：如完不成任务，甘愿被处死。

“这很好。”强盗头子说，“因为我们的情况万分危急，非生即死。只要我们还想活命并且还想保留我们的金银财宝，就必须孤注一掷。”

于是，这个强盗就化装成一个旅客，天刚一亮，就进城了。他在街上走来走去，走到了开门比一般商店都早的巴巴·穆斯塔法的摊子。

“老哥您好。”强盗说，“您工作开始得很早，这么早您能看得见吗？天还没大亮呢。”

“您一定是生人。”巴巴·穆斯塔法说，“不然的话您应当知道我的眼睛很好。就在昨天，我还在一个比这里还黑暗的房子里把一具尸体缝合了起来。”

“啊！”强盗心里自言自语地说，“我今天的运气可真好。”于是，他故意装着惊奇的样子对老皮匠说：“您太会开玩笑了。您能把您在那里做过如此奇怪工作的房子指给我吗？要是您能办到，我给您两枚金币。”

“我敢保证我做不到，”巴巴·穆斯塔法回答，“因为有大半段路我是被蒙着眼睛带去的。”

“那么，”强盗说，“您也许还能记得一点吧。来，也许我们能一同找到那座房子。”对于巴巴·穆斯塔法来说，两枚金币是个很大的诱惑。他对着金币看了很久之后，放进了自己衣袋内，站起来准备试一试。“我不敢承诺一定能找到原路。”他说，“不过，我一定尽力而为。”

接着，他就先领强盗走到莫姬雅娜开始蒙他眼睛的地方，让强盗照之前蒙他眼的方式把他双眼蒙了起来。他在街上慢慢地前行，一边走一边数步子，直到最后他停在卡西姆家门口，也就是阿里巴巴现在住的地方。

巴巴·穆斯塔法说：“我想我上次走到了这里，绝不会再远。”

这样，强盗就在这一家门口用白色粉笔做了个记号，接着便把给他带路的皮匠打发走了。他问了附近儿家居民，得悉这一家主人最近猝死，而且还知道了阿里巴巴前不久还穷得潦倒不堪，现在却突然富了起来。从这些事实来分析判断，强盗认为阿里巴巴正是他要搜寻的人。

这天，莫姬雅娜出门办事时，看到大门上面的白色粉笔记号，十分惊异。

“这是干什么的呀？”她自言自语地说，“要么就是有仇人要加害我的主人，要么就是哪个顽童恶作剧乱画的。不管怎样，提高警惕以防可能到来的灾难总没有错。”

于是，她回到家中，拿了支白粉笔，在街道两旁每一边都选了两三家大门，在上面画了同样的记号。事情办完后，她完全未对主人讲起。

此时，那个强盗回到了森林里的匪窝，把情况一一报告了。强盗头子首先表扬了那个强盗的细心和能干，接着就对众强盗说：“伙计们，咱们的时间一点也不能浪费了。也许只要一天，有人就能把咱们的巨大财富搬得精光。我和这位给大家带来好消息的人一同出发，当我见到那所房子时，再决定要采取什么措施。现在，你们大家立刻分成几组进城去，一起到广场上，我很快就会与你们会合。”

众强盗一致同意这一计划，他们两三人一组进城去，以免引起外人的任何怀疑。前面提到的那个探子带着强盗头子走到了阿里巴巴住的那条街上。等走到门上画有白色粉笔记号的一家时，他指出来说就是这一家。然而，强盗头子看见隔壁一家大门上也同样标有类似的记号，就问他能否确定哪一家大门是自己亲手标上的。这个强盗吃惊得简直无法回答，尤其是当他发现还有五六家大门上都有同样的记号后。

强盗头子知道自己的计划已经落空，就前往他的伙计们等他的广场。

“弟兄们！”他说，“我们白费了力气，现在只有马上回到森林里去。至于我们的探路人，他已向我认了罪，承认自己有罪，不该办事不认真。”

众强盗觉得这个探子已是罪不可赦，于是将他处以死刑。紧接着，另一个强盗自告奋勇地去接替前面那个失败者，继续完成任务。他的请求马上得到了许可，于是他也像前面那个强盗一样先找了巴巴·穆斯塔法，被带到那家大门口后，他就用红粉笔做了记号，而且把记号画在了一个很不显眼的地方。

可是，不论什么都逃不过聪明的莫姬雅娜的眼睛。她一看见红粉笔记号，就把整条街所有的房子都画上了同样的红色记号。

这个强盗一回到驻地，就自夸他做的记号如何隐秘。可是，等强盗头子和他一同去那条街上找时，两个人还是无法确定究竟是哪一家。众强盗万分沮丧，就又按原先军令状的规定，把这第二个强盗也处死了。

此时，强盗头子由于已经死了两个弟兄，非常难过，他决定这一次亲自进城侦察。他用和前面二人同样的办法找到了阿里巴巴的家之后，在门上不做任何记号，而是再三仔细观察，认准了大门，确定不可能再弄错。这样他才回到盗匪巢穴，对伙伴们谈了自己的计划。

他对大家说：“现在你们去找十九头骡子来，每头骡子背上驮两只大坛子。一只坛子里装油。剩下的三十七只坛子空着，我在每只空坛子里装一个人。”

事情照这样办好后。十九头骡子背上载满了坛子，强盗头子一人赶了骡子进城，径直走向阿里巴巴的家。这时他发现阿里巴巴正坐在自家的大门口乘凉。强盗头子让骡子停了下来，对阿里巴巴说：“先生，我带了些油来，准备明天在市场上卖。我刚刚走了很远的路，现在天色已晚，还没找到住处。要是我今晚能在您这里歇脚，我将感激不尽。”

阿里巴巴当即同意了这一要求。仆人们把坛子从骡背上卸了下来，一一放好。阿里巴巴对莫姬雅娜说，要把客人招待好。又嘱咐她：“明天一大早我要去澡堂洗澡，在我回来之前，给我煮好一碗肉汤。”

晚餐之后，强盗头子装作去看骡子，走到院子里，对着一个个坛子里的伙伴们轻声细语地说：“今天半夜，我一说话，你们就立刻走出来。”之后，他便回到主人房子里，莫姬雅娜手拿油灯，把他带到为他准备好的客房里就寝。

过了一会儿，正当莫姬雅娜在厨房里快忙完自己的工作时，她的灯刚好因油尽而熄灭了。“主人明天早上的肉汤我一定得准备好。”她自言自语地说，“家里的油已经用光，那边棚子里有许多装满了油的坛子，我的灯只要用他一点点油就行了。”

于是，她走到棚子那里，小心翼翼地打开了其中的一坛。

正在这时，坛子里有人耳语道："怎么，时间到了吗？"

"不，还早着呢，你耐心点吧。"她立刻这样回答。

她用这种办法看遍了所有坛子，对所有强盗都不惊不慌地用同一说法回答他们，直至最后她找到了那一坛油。接着，她就迅速地把油舀到自己的油壶里，然后回到厨房，点燃油灯，架起一堆柴来烧。随后，她又回到油坛子那里，拿了把很大的壶灌满了油，再将这一大壶油放在柴火上煮。等油煮得滚烫时，她把油舀到小壶里，一壶又一壶地分别倒入每个坛子中，烫死了坛子里的强盗们。

不到一个钟头后，强盗头子悄悄地起了床。他一看天色漆黑而又万籁俱寂，不禁喜从心来，甚为满意。可是，当他发出信号要众强盗从坛子里出来时，棚子里既无声音又无动静。这种沉寂使他大为吃惊。他蹑手蹑脚地轻轻走到院子里，用手摸到第一个坛子，却惊异地发现手底下的坛子竟是热乎乎的。接着，他就闻到了油味，而且油还冒着热气。这使他明白，自己原先的计策已被识破。他检查了一个又一个坛子，发现里面一个活人也没有。他想到救自己的命要紧，就硬扭开通向后花园的门上的锁，逃之夭夭了。

莫姬雅娜等强盗头子走了之后，没有马上去睡，为的是确认他不会再回来。最后，她直到完全确信他再不会返回了，才去睡觉。她为自己今晚能够救了主人和他全家而十分高兴。

次日一大早，阿里巴巴从澡堂回来，看见客人的骡子还在棚子里，甚为惊奇。他问莫姬雅娜是何原因。

于是她就把主人带到那些坛子前，并告诉了他所发生的一切。阿里巴巴对女奴的忠于职守感恩戴德，就赏她以自由，并且送给她一大笔钱。但莫姬雅娜对主人这一家感情太深了，她不愿离开，而愿继续和主人一家住在一起，并负责管理全家的奴仆。

至于那个强盗头子呢，他在狂怒与极端失望中回到了森林里，独自住了几星期后，想出了如何整死自己敌人的另一条诡计。他在城里消磨了很长时间，了解到卡西姆的儿子小卡西姆已过继给阿里巴巴，还开了一家大商店。

于是，强盗头子也在商场里租了一间铺面，从岩洞里拿了许多漂亮的商品来这里卖。他自称是个商人，店里卖的货物工艺精美，花色品种齐全，应有尽有，这使得他受到了人们的尊敬。而小卡西姆就是众多想巴结这位新商人的人之一，他受到了热情的接待。小卡西姆受宠若惊，不久便把这位新朋友介绍给自己的继父。阿里巴巴想邀请这个假冒的商人在家吃晚饭，强盗头子婉言谢绝了，说："我不能在您府上吃饭，因为医生嘱咐我不能吃盐。"

"您要是真不能吃盐的话，"阿里巴巴说，"那不要紧，我们仍然可以在一起欢聚。您来了，我家做的菜里一律不放盐。”

可是，莫姬雅娜对此却非常不理解。“这位难伺候的人是谁？”她问道，“有哪个人不能吃盐呢？”

“他是谁跟你有什么关系？”阿里巴巴回答，“他是我儿子的朋友，我怎么吩咐，你照办就行了。”

“好吧。”莫姬雅娜说。但她仍然对客人的身份感到奇怪。晚餐做好了，有一盘菜由她亲自端到房里，以便有机会看看这个怪客人到底是什么样子。尽管强盗头子已化了装，但她一进房里，还是一眼就认出了他，她仔细审视他，发现他在长袍底下藏了一把匕首。

“哦！”她心里想道，“客人不吃盐，原因就在此。他想刺杀我的主人，却没有想到还有我在。”

晚饭吃完，桌子一收拾干净，臭姬雅娜就来到门口，她换了一身舞女装束，腰上缠了一条银腰带，腰带上佩了一把镶有宝石的匕首。她脸上蒙了一块价值昂贵的面纱。她一进门，就向主人和客人行了个屈膝礼，问能否由她表演一个舞蹈。

“行，过来吧，”阿里巴巴说，“让咱们的客人看看你能表演些什么。”

强盗头子对她的这种半途干扰并不高兴，不过他仍然装出很愉快的样子。于是，莫姬雅娜就开始跳舞。她娴熟优美地跳了几段舞后，便取出匕首，开始了一系列难度很高的特技表演，舞得出神入化，精彩绝伦。她一会儿把匕首指向阿里巴巴，一会儿把它指向客人，有时则指向小卡西姆。最后，她气喘吁吁，仿佛是跳累了，就学着职业艺人那样，左手拿起她的小手鼓，一一呈向三位观众。

阿里巴巴往小手鼓里丢了一枚金币，小卡西姆也照样丢了一枚金币，然而，当强盗头子从他长袍衣兜里摸出钱包准备付钱时，莫姬雅娜突然把匕首一下子刺入强盗的心窝。

阿里巴巴大惊失色。“你这个该死的女人！”他大声吼叫着，“你这是干什么？你把我的名誉全毁了。”

“不对，老爷，我救了您的命。”莫姬雅娜一边回答，一边猛然掀开那位客人的长袍，强盗暗藏的匕首暴露了出来。“您好好看看这个男人吧，看看您刚才躲过了怎样的一劫。”

阿里巴巴知道自己欠了这位勇敢的少女太多恩情，他一再向她深深致谢。“你既然已经是自由人了，”他对她说，“那我就只剩下一种办法来酬谢你。我知道小卡西姆一直是你的忠实情人，我同意你嫁给他，而且永远分享我的家产。”

不久，小卡西姆就与莫姬雅娜结了婚，并举行了盛大的婚礼。又过了一段时间，阿里巴巴小心谨慎地去了一趟山洞，他非常高兴地发现财宝还在那里，未被人动过。这使他充分相信再无任何人知道岩洞的秘密，于是就取了尽可能多的财宝，把它们牢牢地捆在自己的马鞍上，回到家里，把经过讲给全家人听。他依靠山洞里随时能拿到的财宝，日子过得更加幸福。他既明智得体，又乐善好施，慷慨大方。这样，他后半辈子的生活过得很舒适，而且在社会上享有崇高的威望。

征服巨人的杰克（英国）

乡村的生活真快乐，可是，不知从哪儿冒出了一个巨人科尔摩兰，而且就住在附近的一条路边的山洞里。这巨人非常凶狠，他永远都感到饥饿，每天早上都要到路上去抢劫，遇到什么抢什么，人、羊、鹅、猪、狗，一律不能幸免。

有个人运了一车蘑菇去赶集，科尔摩兰就把他抓住，连人带马一起吃了，甚至连马鞭子也没有放过，统统吞下了肚子。他真是一个永远填不饱的饭桶！

乡村的居民个个都胆小，他们服服帖帖地把自己的鸡和猪主动地送给他，恭恭敬敬地说：

“科尔摩兰先生，请吃吧！”

“科尔摩兰先生，您尽情地吃吧！”

“科尔摩兰先生，您还想吃些什么呢？”

人们都向他鞠躬行礼，那虔诚的样子就别提了，脑袋都能碰到地！

科尔摩兰吃胖了，胖得像一堆草垛。他已经不需要再到路上去抢劫了，就天天躺在洞里睡大觉。他想吃谁，就对谁吆喝一声：“喂，老头子，快到我这儿来。要显得精神些，我现在就要吃你了，吃活的！”

“遵照大人您的吩咐，我就来，我就来！”可怜的老人恭恭敬敬地答应，“我到了，您就请吃吧！”

如果不是一个名叫杰克的小孩子挺身而出的话，这个巨人科尔摩兰大概能活一千年，他能把你、我、我们大家统统吃光。

杰克是个勇敢的孩子，他什么人都不怕。他下定了决心，一定要惩罚这个巨人，把他的脑袋砍下来。

一天早上，当大家还在熟睡的时候，杰克就拿起一把父亲的铁锨，悄悄地来到了科尔摩兰居住的山洞，要在他的洞口挖一口陷阱。

巨人听到了外面的响声，就醒了。

“是谁在外面？”他喊了一声。

杰克根本没有理他，他藏到一个草丛里，等巨人睡着了再接着行动。科尔摩兰在草堆里翻了几个身，就打起呼噜来。杰克整整干了一天，到了晚上，终于挖成了一个深深的陷阱。

他用树枝把洞口盖好，又在上面撒上了一层雪。乍一看，根本看不出这里有一个坑，还以为是一片平地呢。

在一切都完工之后，杰克后退了几步，喊了起来："喂，科尔摩兰，你起来吧！"

他往洞里掷了一块石头，正好打在科尔摩兰的额头上。

巨人气得浑身发抖，他三步并作两步跑出了山洞，想抓住这个杰克，先把他撕成碎块，再一口一口地把他吃掉。可是，他万万没有想到，他一出门，就掉到了陷阱里，而且一落到底！

陷阱很深很深，他几次想爬上来都没有成功，每次刚爬上去一点就又重新掉了下去。起初他还破口大骂，挥舞着拳头恐吓杰克，后来，他终于哭了，向杰克求饶："我以后一定做个好人！"他又喊道："我一定爱护大家，保证不再吃任何人了！"

"我不相信你！"杰克回答，"你是个心狠手辣的吃人魔王，今天你是恶有恶报！"

杰克毫不留情地挥舞起铁锨，一下子就把科尔摩兰的脑袋砍了下来。

村里的人听到这个消息，一个个高兴得又蹦又跳。

"谢谢你，杰克，你为我们除了一大祸害！"青年人和老年人都异口同声地感谢他。

姑娘们送给他一条丝腰带，上面还绣着赞美的词句："杰克是最强大、最勇敢的人，他征服了巨人科尔摩兰。"

杰克系上这条丝腰带，把大刀磨得特别锋利，就出去旅行了。他还要去征服另外一些专门欺负别人的巨人。

在那些吃人的魔王中，最为狠毒的要数巨人勃兰德波尔。

杰克一心想征服勃兰德波尔，因为他去年劫走了邻居铁匠家的独生女儿，那个美丽的长着棕黄色头发的少女，被这吃人魔王关在他的地下室里。要想把她救出来，只有把勃兰德波尔杀掉。

春去夏来，杰克还没有找到勃兰德波尔的踪迹。他寻遍了森林，寻遍了原野，就是找不到这个吃人魔王。

有一天，烈日炎炎，杰克经过长途跋涉太疲劳了，就躺在一个阴凉的小沟里睡着了。这时候，正好勃兰德波尔从他身边路过。他看到一个小孩子在沟里睡觉，就俯下身子朝他仔细端详了一番。忽然，他看到这个孩子的腰带上绣着两行端端正正的大字："杰克是最强大、最勇敢的人，他征服了巨人科尔摩兰。"

勃兰德波尔自言自语地说："原来就是这个小孩杀死了我的亲侄儿，我一定要替他报仇！"

勃兰德波尔与一般的巨人不同，他有两个脑袋，一个小，一个大，一个是老头子的脑袋，一个是年轻人的脑袋。他们看见正在熟睡的杰克，一个脑袋就喊："应该把他放在水里煮！"另一个脑袋又喊："应该把他放在油里煎！"两个脑袋吵得面红耳赤，互相顶撞了起来。

"下水煮！"一个脑袋喊。

"用油煎！"另一个脑袋也毫不示弱。

他们看到杰克被他们吵醒了，就连忙缩起舌头，把自己装扮成好人，对杰克唱起了赞歌：

亲爱的孩子呀，

我们多么爱你！

我们亲你，我们疼你，

最软的床儿让你睡，

最好的摇篮也给你，

甜甜的糖儿给你吃。

唱到这儿，两个脑袋发出一阵狞笑，又一起唱道："吃完了糖我们再吃你！"

他们还以为这最后一句杰克没有听见呢，他们哪里知道，杰克早就记在心里了。他心里有数，这个长着两个脑袋的恶魔勃兰德波尔是想把他带回去再吃掉。

杰克想逃，但勃兰德波尔一把抓住了他的腿，把他塞到口袋里，回家以后，摸了摸他的脑袋，把他放在一张床上。

“晚安！”一个脑袋说。

“祝你做一个好梦！”另一个脑袋说。

两个脑袋都客客气气地向杰克告辞了。杰克又听到门外一个脑袋对另一个脑袋说：

“等这个小鬼一睡着，我就一棍子打死他，把他放到锅里去煮。”

“不行，得用油煎！”另一个脑袋喊了起来。

“不行，用水煮！”

“不行，用油煎！”

杰克一骨碌爬了起来，在屋子里跑过来跑过去。他想逃出去，可门紧锁着，窗户外面又有铁栏杆，真是一点办法也没有。他冥思苦想，终于想出了一个好主意。他找来一根大木头，把它放在床上，盖好毯子，就让这根木头代替他去送死：只要巨人一砸这根木头，杰克就有救了！

杰克藏在炉子的后面，没过多久，楼梯上便响起了巨人的脚步声，他的步子特别沉重，整个房子都被震得发抖。

门被打开了，巨人手里拿着一根棍子，走到床前，用尽全身的力气砸了下来。他哪里知道，杰克正躲在炉子后面呢，安然无恙。

“我终于把这个孩子干掉了！”巨人一边走，一边高兴地自言自语，却忘记了把门关上。

杰克高兴地笑了起来，跟在他的后面悄悄地跑了出去。巨人回到自己卧室，往床上一躺就睡着了。杰克在他的枕头底下掏出了一把钥匙，上面写着“地窖”两个字。他一想，铁匠的女儿，那位美丽的长着棕黄色头发的少女杰尼不正被关在那个地方吗？他连忙跑下去，放走了这个可怜的姑娘，然后，又回到自己的屋里，甜甜地睡了一觉。

早上，杰克睡醒之后，就去找巨人勃兰德波尔。巨人看见他，不由得浑身直打哆嗦。

“你怎么还活着呢？”一个脑袋问他。

“你怎么没有死呢？”另一个脑袋也问他。

“我为什么要死呢？”杰克反问。

“我们不是在夜里拿棍子把你砸死了吗？”一个脑袋说。

“是往死里砸的呢！”另一个脑袋又补充了一句。

“小事一桩！”杰克笑了笑说，“这一棍子对我来说根本无所谓，我还以为是老鼠尾巴碰了我一下呢！”

“他真是个大力士！”巨人心里想，“难怪他征服了科尔摩兰呢，在他面前，我的大棍子都成了老鼠尾巴了！我还是趁早躲开点吧，可别让他把我也弄死了。可是，往哪儿跑、往哪儿藏呢？”

“上阁楼！”一个脑袋说。

“下地窖！”另一个脑袋又顶撞了起来。

“不行，还是上阁楼！”

“不行，还是下地窖！”两个脑袋还是吵个不停，身子一步也没有挪动。这个巨人不知道自己由哪一个脑袋说了算。

杰克迅速地站到一把椅子上，一刀砍下了这两个脑袋。他们一起顺着楼梯往下滚，一边滚，一边还在喊：

“不行，上阁楼！”

“不行，下地窖！”

杰克征服了这个巨人，立即回到了自己的村庄。

全村的男女老少都知道杰克又立下了新的功劳，大家都高高兴兴地欢呼着，欢迎他胜利归来。

最高兴的还是铁匠，那个美丽的长着棕黄色头发的姑娘的父亲。他送给杰克一匹骏马。杰克骑上它，又到别的遥远的国度去了。他还要征服另一些凶恶的吃人魔王呢！

割草比赛（德国）

收割干草的季节快到了。有一天，农夫们坐在酒馆里，一边喝酒，一边闲聊。其中一个叫普拉尔汉斯的说：“到今天，我还没有见过哪一个人割草能超过我的！除非是魔鬼。就是魔鬼，我也敢跟他比试比试！”他的酒友们对他说：“你可别说这样的大话！”可是普拉尔汉斯的海口越夸越大，越说越玄乎。

一个早晨，天刚蒙蒙亮，他走到自己的草地时，那儿已经有一个人了。那个人长着个尖尖的鹰钩鼻子，脸上流露出一种瞧不起人的表情，手里握着把寒光闪闪的镰刀。普拉尔汉斯马上明白了，自己真的碰上了魔鬼，他吓得两腿直哆嗦。

正当普拉尔汉斯惊魂未定的时候，那个人开口了：“听说你昨天吹大牛了，说什么割草比魔鬼割得还快！今天我就来跟你比试比试。我让你先割十三刀，要是我赶上你，我就拿走你的灵魂！”

可普拉尔汉斯也不是好惹的。他一边磨镰刀，一边打着主意，终于想出了个好办法。

他拿着镰刀径直走到草场的中心，魔鬼不明白他这是什么意思，就跟在他的后面。普拉尔汉斯挥起镰刀绕着圈子割，魔鬼在后面紧追不放。圈子越割越大，在外圈的魔鬼每一圈都要比普拉尔汉斯多割许多，于是距离越拉越大。普拉尔汉斯机警地偷偷看了看这个可怜的魔鬼，见他累得上气不接下气，豆大的汗珠成串地往下淌。普拉尔汉斯见魔鬼赶不上他，很悠闲地拿出磨刀石磨镰刀。魔鬼一心想赶上他，于是就喊：“喂，再磨一会儿吧！”可是普拉尔汉斯磨过镰刀以后，割得越发快了。魔鬼终于累得筋疲力尽，扔下镰刀不干了。普拉尔汉斯嘲笑地看着他，魔鬼又羞又怒地逃走了。

幸福取决于什么（意大利）

有一天，两个朋友争论不休，他们争的是幸福取决于什么。

“这是用不着动脑筋多想的！”一个叫喊起来，“金钱带来幸福。你总知道我是怎样成为诗人的。当初谁也不肯出版我的诗篇，后来我的姨妈猝然去世，留给我一笔遗产，我用来出了本诗集。从这以后，新的作品就不断问世。要不是姨妈的那笔钱，到现在也不会有谁晓得我是个诗人。”

“瞎扯！”另一个抢过话头，“命运决定一切。如今在意大利，我已经算是个著名的歌唱家。可就在前些时候，还没有人愿意听我唱歌。我只能站在海岸上，对着鱼儿唱歌。后来时来运转，路易斯伯爵那天恰巧乘船经过，他听见我的歌声，就发出邀请，让我到他为未婚妻举行的舞会上表演。这么一来，我顿时名扬四海。这和金钱有什么关系呢？命运，我的朋友，全是命运。”

诗人和歌唱家争了半天，也争不出个结果，就一同外出闲逛。他们信步走去，来到城郊，望见一座墙歪壁倒的小茅屋。有一个小伙子，穿得破破烂烂的，坐在茅屋的门槛上，弹着六弦琴。

诗人招呼小伙子：“朋友，我看你生活得无忧无虑啊。”

“一个人明天就要饿肚子了，哪儿谈得上无忧无虑啊？”

“那你怎么还在这儿弹六弦琴呢？”歌唱家问。

“你不知道，这把六弦琴是我父亲留下的唯一遗产。”

诗人和歌唱家对望了一眼。因为他俩不约而同地产生了一个想法：这正是我们要找的人！这样一来，我们就能判断出，究竟是什么更重要了。

他们各自从口袋里掏出五十枚小金币，送给六弦琴手。

“整整一百枚金币！”小伙子惊呼，“慷慨的先生们，谢谢你们了。”

“先别道谢。一年以后，我们还要来看看，这笔钱到底是否对你有所帮助。”两个朋友说完，就回去了。

他俩刚在大路拐角那儿消失不见，阿尔其岱（小伙子的名字）就自言自语：“我得先去买点香肠吃，然后再考虑怎样使用这笔意外之财。”

他把钱币塞在软帽的衬垫里面，出门朝小食品店走去。

阿尔其岱还没走满十步，忽然发生一件意外的奇事：一只羽毛蓬松的乌鸦，从橄榄树枝头飞扑下来，伸出爪子，攫住阿尔其岱的软帽，冲上了半空。

“乌鸦！还我钱！”可怜的阿尔其岱大喊。

但是，乌鸦翅膀扑扇得更快，一转眼就不见了。

过了一年，诗人和歌唱家再次朝阿尔其岱家的茅屋走去，他们用不着敲门，因为跟头一回一样，小伙子正坐在门槛上弹六弦琴。

“怎么样？”两个朋友向他招呼，“你仍旧在拨弄六弦琴？”

阿尔其岱垂头丧气地回答：“一只乌鸦把我的幸运连同软帽一块儿抢走了，我有什么办法呢？”

于是，他简短讲述了这段令他伤心的经历。

“啊！”歌唱家转脸对诗人说，“决定幸福或不幸的是命运，这我不是早就说过了吗！不妨来个假定，乌鸦希望在自己睡觉的那个窝里，不单单铺着枝枝叶叶，而且要垫上软绵绵的布头。然而，为什么偏偏在阿尔其岱刚把钱放进软帽的时候，乌鸦就飞来抢走了帽子？这倒要请你给我解释一下。”

“瞎扯！”诗人打断歌唱家的话，“如果乌鸦不把钱抢走，阿尔其岱一定会生活得舒舒服服。朋友，可见关键的还是金钱。”诗人说完这番话，又从口袋里取出一百枚小金币，送给阿尔其岱。

阿尔其岱再次激动地向两人道谢。两个朋友挥挥手，说一年以后再来看望他。

这回阿尔其岱学乖了。他到小食品店里去买香肠——你们总还记得，一年以前他硬是没尝到香肠的滋味——他把一枚小金币含在嘴里，其余九十九枚藏得稳稳当当。你们猜，他藏在哪儿？嗨，藏进了扔在屋角的一只破鞋子里面啦！

“好了，这下子什么乌鸦也抢不去了！”他暗暗寻思，觉得自己这个办法想得实在巧妙：小偷也不会有兴趣偷这样破烂的东西。

不料，当阿尔其岱朝小食品店走去的时候，发生了这样一件事情：邻家的一只猫溜进了茅屋。猫主人是要在自己填饱肚子以后才喂东西给猫吃的，所以猫从来没有哪一天填饱过肚子。这时候，猫找遍全屋，自然，什么能吃的东西也没找着。恰巧有只小老鼠，突然从洞里蹿出来，猫追过去。小老鼠东躲西逃，钻进了破鞋子。阿尔其岱的钱正藏在这只破鞋子里。猫一拨弄，把鞋子翻过来，小金币顿时滚落一地，小老鼠却溜进洞里去了。于是，那猫就用爪子又拨又推，玩着小金币，直到最后一枚也掉进了老鼠洞。当阿尔其岱从小食品店回到家里的时候，他又穷得跟昨天一样了。钱丢了就算啦！幸运的是，他总算买来了香肠。

一年以后，歌唱家和诗人又如约而至，只见阿尔其岱依旧坐在破茅屋的门槛上，弹着六弦琴。

“嗨！”诗人惊叫一声，“这太过分了！也许，你硬要让我们相信，第二次的一百枚小金币又叫乌鸦抢去了吗？”

“唉，善良的先生。”阿尔其岱叹了口气，“我并不要你们相信什么，因为我自己也不知道钱到哪儿去了。”

“决定一切的是命运，而不是金钱。”歌唱家对诗人说，“这下你应该深信不疑了。”

“相反，”诗人说，“这使我更坚信，只有金钱能给人带来幸福。但是，我已经不想再来证明自己正确了，因为花钱太多了。现在你来证明自己的观点吧。”

“我试试看！”歌唱家回答。

他在口袋里摸了一会儿，掏出一颗小铅球。他自己也不知道这小东西有什么用，而且想不起来怎么会放在口袋里的。

“不幸的人，拿去吧！”歌唱家一边说，一边把小铅球交给阿尔其岱，“也许对你来说，这东西比钱还要有益处。”

两个朋友告辞离去了。

小铅球曾经在歌唱家的口袋里搁了很长时间，但在阿尔其岱的口袋里搁得更久。直到有一天，阿尔其岱肚子饿得实在受不了了，连弹六弦琴也不能消忧解愁，他这才想起了小铅球。他把小铅球掏出来，放在手掌上，心里琢磨：“卖掉吗？它连一个铜板也不值呀。可既然造了出来，总有什么用处吧！”

忽然，阿尔其岱拍了一下额头：“我怎么没有早点想到！它可以做个挺好的坠子呀！”他削了一根柔韧的、长长的柳枝，把一枚别针弯曲成小钩，把小铅球牢牢地坠在线上……总而言之，过了个把钟头，阿尔其岱已经坐在海边的大石头上钓鱼了。

然而，鱼儿仿佛故意考验他似的，怎么也不上钩。阿尔其岱在岸边整整坐了一天，如果换了别人，早就离开了。可阿尔其岱不是这样的，他一旦着手干什么，就一定要坚持下去。他决定跟鱼儿比比耐心。结果，他真的比赢了。

到日落的时候，鱼儿开始上钩了。这个年轻的渔夫刚钓到一条，又上来一条。啊，他用钓到的鱼煮了一锅鱼汤，味道那个鲜哟，谁闻到了都想尝尝！

鱼儿钓了那么多，第二天早晨，阿尔其岱到市场上去卖掉了一半。接着，他又回到海边钓鱼。

就这样，他每天钓鱼。半年以后，他有了一张网。又过了半年，他买进一条小船，成了个真正的渔夫。

诗人和歌唱家怎么样了？哦，他们自己忙碌得很，把弹六弦琴的穷小伙子完全给忘了。他们一个朝西，一个朝东，出去长途旅行。等到两个人在家乡重新相遇，已经是五年以后的事了。这时，他们想到了阿尔其岱，决定去看望他一下。

两个朋友又来到了老地方。一瞧，茅屋不见了，换成了一幢很漂亮的房子。有两个小孩儿在房子旁边游戏，一位年轻的女主人站在门口，含笑望着孩子。

两个朋友走上前去，向年轻的妇人打听："您可知道弹六弦琴的阿尔其岱到哪儿去了？"

"怎么会不知道呢？"妇人转身去喊，"哎，孩子他爸，有两位高贵的先生来找你。"

房子里有人应声走出。两个朋友一看，此人不是别人，正是阿尔其岱，就急着向他探问。阿尔其岱让他们坐下，从头至尾讲了自己的经历。我们用不着从头讲起，开头那一部分我们已经知道了，就来听听还不知道的那部分吧。

"……两位高贵的先生，就这么着，我有了小船和渔网，成了真正的渔夫。后来，柔凡娜爱上了我。我呢，自然也爱上了她。在这件事情上，六弦琴也替我出了力。总之，我们要结婚了。可不能让年纪轻轻的妻子住进墙歪壁倒的茅屋哇。我们打算在原来的地基上造一幢新房子，就动手拆掉茅屋……现在请仔细听，亲爱的先生，这跟你们也有关。我们当时在旧烟囱上面发现了一个废弃的乌鸦窝，窝里有一顶软帽，帽子里有一百枚小金币。我非常高兴，终于能够还掉这笔旧债了。”

阿尔其岱跑进房间，取出一顶软帽，里面的小金币在叮当作响。他还给歌唱家和诗人每位五十枚，接着又把故事讲下去：“这还不算，拆地板的时候，在屋角的老鼠洞里，又找到了九十九枚小金币。第一百枚小金币当时被我拿去买了香肠用，现在我把这枚缺了的补上。”

阿尔其岱的妻子柔凡娜听到这儿，就去拿来一个扎得很牢靠、做得很好看的钱包。阿尔其岱接过去，交还给诗人。

“至于那个小铅球，”他说，“让我留作纪念吧。”

阿尔其岱刚一讲完，两个朋友再次为那个老问题争得面红耳赤。

“命运！”歌唱家叫喊。

“金钱！”诗人高声压倒他。

争来争去，两人还是提出原来的依据——什么姨妈的遗产啦，著名的路易斯伯爵的支持啦。

阿尔其岱听着听着，最后也参加了辩论。

“请允许我也说说自己的看法。金钱是重要的，命运也是重要的，不过请相信我，最重要的是劳动和毅力。诗人先生，姨妈的遗产也许真的帮了您的忙，然而更重要的是，您虽然多年穷困潦倒、默默无闻，却没有停止过写诗。歌唱家先生，路易斯伯爵帮您扬了名，然而更重要的是，在伯爵乘船经过的那个幸福时刻到来之前，您一直没有停止过练唱。至于我呢，我所获得的一切，都是双手辛勤劳动的结果。”

歌唱家和诗人沉思片刻，接着不约而同地脱口喊出：“以圣母的名义发誓，他的话正确！”

樵夫和河伯（古希腊）

有一天，樵夫到河边去砍柴，不慎将斧子掉在河里。樵夫伤心地痛哭起来。河伯听到了樵夫的哭泣声，便从水中探出头来。樵夫把自己的遭遇告诉了他。河伯极为同情，便潜回水底。当他又出来时，手里举着一把金斧，问樵夫：

“哎，朋友！这把斧子是你的吧？”

“不，”樵夫答道，“这不是我的！”

河伯又潜入水中，捞出一把银斧。樵夫看了看，说：“这也不是我的！”

于是，河伯第三次潜入水中。这次，他才把樵夫掉的那把铁斧子捞了出来。看到了自己的斧子，樵夫转悲为喜，并向河伯诚挚地道了谢。

河伯为樵夫的诚实、憨厚和正直所感动，便把金斧和银斧也赠给了他。

樵夫回家后，向隔壁邻人讲了他所经历的一切。那个邻人是一个爱嫉妒而又贪婪的家伙。他也跑到河边，把斧子扔到河里，开始号啕大哭。河伯听到哭泣声，便从水中探出头来。他问清了原委，又潜入河里。他再次探出身子时，手里举着一把金斧，问：“是你把这把斧子掉进河里的吗？”

贪婪的邻人见到这把金灿灿的斧子，急不可耐地喊着：“是啊，是啊！这就是我的斧子，是我的！”

由于贪婪而失去了理智，他匆匆奔过去要夺下这把金斧。就在这时，河伯明白了来者的为人，不但没把金斧给他，而且连他故意丢下的铁斧也不管了，最后还诅咒了这个说谎的人。

最后，贪婪的邻人一无所获地回了家。

渔夫和金鱼的故事（俄罗斯）

在蔚蓝的大海边，住着一户人家，老头撒网捕鱼，老太婆纺纱织线，过着贫穷的日子。

这天，老头像往常一样来到海边。第一网撒下去，拖上来的只有泥沙。第二网呢，是一些海草。老头非常失望，第三次把网撒了下去。网拖起来，倒是有鱼，可是只有一条小金鱼。

突然，小金鱼说话了："放了我吧，老爷爷。你放我回大海，我会报答你的。"

善良的老头把金鱼放到海水里："金鱼，回去吧，我不要你的报答。你回到大海里，自由自在地生活去吧。"

老头回到家，把遇到金鱼的故事讲给老太婆听。谁知，老太婆一听就火了："你这傻瓜，干吗不要报酬？哪怕要只木盆也好，家里这只破得不成样子了。快去要！”

老头只好走回海边呼唤金鱼。大海微微地泛起波浪，金鱼出现了：“老爷爷，有什么事？”

老头儿叹了口气：“金鱼，行行好吧，我那老太婆骂我，让我找你要个新木盆。”

金鱼回答：“去吧，你们已经有了新木盆了。”

老头回到家，果然看见门口摆着一只新木盆。他以为老太婆会高兴，谁知她骂得更厉害了：“你这个笨蛋，让你要木盆你还真的就要个木盆，木盆有多大用处？去要一座木房子！”

老头垂头丧气地来到海边，开始呼唤金鱼。大海卷起波涛，金鱼向岸边游了过来。

“你要什么，老爷爷？”

“对不起，小金鱼。老太婆不让我安宁，她逼我找你要一座木房子。”

金鱼回答：“别难过，就这样吧。你们会有一座木房子的。”

老头回去一看，真的，原来住的泥棚已经无影无踪，一座漂亮的木房子立在那里，有橡木的大门和砖砌的烟囱。老太婆坐在窗下，见着老头，立刻破口大骂：“蠢货！才要了一座木房子！快滚回去求金鱼，我不愿再做庄稼汉的老婆，我要做尊贵的夫人！”

老头含着眼泪走到海边，呼唤金鱼。金鱼出现时，蔚蓝的大海波动起来。老头冲金鱼行了个礼：“求求你，金鱼娘娘，老太婆的脾气更大了，她不愿做庄稼汉的老婆，她要做贵妇人！”

金鱼摇摇尾巴，回答道：“不要难过，去吧。”

老头回去，他看到了什么呢？老太婆站在一座高大的楼房的台阶上，穿着名贵的黑貂皮大衣，头上戴着金饰，脖子上挂着珍珠项链，手指上戴着宝石戒指，身边还围着一群奴仆。

老头说：“您好，贵妇人，这回您的心愿总该满足了吧。”

老太婆让人把老头带到马棚干活，不再理他。

过了一星期，又过了一星期。老太婆派人把老头叫来。这一次，她要做的是自由自在的女皇。老头吓了一大跳。

“你疯了，老太婆？你连走路、说话都不像女皇！”

老太婆扇了丈夫一个耳光！

“快去，不去就押着你去！”

老头儿向海边走去，呼唤金鱼。金鱼游过来，大海开始变得阴暗了。老头儿哭着说了老太婆的事，他猜想这一次金鱼会拒绝。

金鱼回答：“好吧，让她做女皇吧。”

老头回去了，他的面前已经是皇宫。做了女皇的老太婆喝着外国的美酒，吃着花式的点心，围着她的是大臣贵族。威严的士兵手持利斧，一见老头就冲过来。老太婆呢，正眼也不瞧老头一下。

又过了两星期，老太婆派来大臣叫老头。老太婆说她要做海上的霸王，生活在海洋里，让金鱼侍奉。

老头走到海边，海上起了昏黑的风浪，怒吼着，金鱼出现在风口浪尖上。

老头战战兢兢地说了老太婆的话。

金鱼没有回答，只是尾巴在水里一划，游到深深的大海里去了。

老头回去见老太婆，一看，在他面前的仍然是原来那座小泥棚，老太婆坐在门槛上，摆在她面前的还是那只破木盆。

青蛙姑娘（塞尔维亚）

从前有一对夫妻，不知不觉间已经老了，但无子无女。他们就向上帝祷告，请求上帝赐给他们一个孩子，哪怕是只青蛙也好。上帝怜悯这对老夫妻，过了不久，他们果然得到了一个孩子。你们猜猜看，这是一个什么样的孩子呢？原来是一个青蛙女儿。可是，他们对这个女儿很满意。青蛙不常到屋子里去，老是待在葡萄园里。那老汉也起早摸黑地在葡萄园里忙个不休，他的妻子每天给他送饭吃。有一天，那可怜的老婆婆忽然觉得衰老的身体羸弱下来，迈步都非常吃力。怎么能够给丈夫送饭呢？她正想到这件心事，就看见青蛙越过门槛，跳进屋来。这时她恰好刚满十四岁。

“妈妈，您已经老啦，没有力气给父亲送饭啦！您把那包饭食交给我，让我送到葡萄园去吧！”

“我亲爱的女儿，”老婆婆回答，“你哪能送饭呢！你不知道你是个青蛙吗？连手都没有，怎么会拿饭包呢？”

“妈妈，别发愁！您把饭包放在我的脊背上，再牢牢地系在我的腿上。不用担心，我准能把饭给父亲送去。”

“哦，试一试也好！”

老婆婆把饭包搁在青蛙的脊背上，再系在它的小腿上，把青蛙送出门去。青蛙不慌不忙，不费劲地来到父亲的葡萄园。它在篱笆跟前停下了脚步，因为开不开门，又跳不过栅栏，只好招呼父亲。父亲走过来解下饭包，蹲下来吃饭。这时候，青蛙请求父亲把它放到葡萄藤上。父亲扶它坐上葡萄藤，青蛙忽然唱起歌来。是的，她不是呱呱地叫，而是真正地在唱歌呢。听啊，唱得多么动听呀！她的嗓音又甜又亮，大家都以为这是仙女的歌声。

王子凑巧在这一带打猎，听到了这优美的歌声。等歌声停了，王子走到老汉跟前，问他是谁唱得这样美妙。老汉回答，除了整天在他头上盘旋飞舞的那只乌鸦以外，他没看见周围有什么人。

“告诉我吧，这歌儿到底是谁唱的？”王子追问，“如果是个小伙子，我就和他结拜成义兄弟；如果是个姑娘，我就娶她做妻子。”

老汉心里又羞愧又害怕，他怎么敢承认这是青蛙的歌声呢，只好说实在不知道。王子一无所得，转身回家去。

第二天，青蛙又给老父亲送来午饭。老汉再把她放在葡萄藤上，她又唱起歌来。就在这会儿，王子正好来到了。他这次决定在老地方打猎，希望再听听那绝妙的歌声，并且探听一下究竟是谁在歌唱。青蛙从葡萄藤上传出的歌声响遍了整个山野。等歌声一停止，王子又来苦苦追问老汉是谁在唱歌，老汉还是一个劲儿地推脱。

“那么，这午饭是谁给你送来的呢？”王子看到饭包问道。

“是我随身带来的。”老汉说，“我本来想回家吃的，可是走累了就会一点也吃不下去，所以随便带了点吃食，在葡萄园里充充饥就算啦。”

“唉，这歌声使我听了伤心！老公公，您一定知道唱歌的人。请告诉我吧，如果他是个善良的少年，就让他做我的义弟；如果是个美貌的少女，就让她做我的妻子！”

老汉按捺不住，只得说：“我早就想说了，只因为不好意思，又怕说出来会惹您生气。”

“别怕，您快说吧！到底是谁在唱歌？”

于是，老汉才把实情说了出来：唱歌的是他的女儿，一只呱呱叫的青蛙。

“您叫她从藤蔓上下来吧！”王子恳求说。

青蛙蹦到地上，又唱起歌来。王子屏息凝神地听着，乐得心头突突地跳。后来他对青蛙说："你就做我的未婚妻吧！明天我们在王宫里举行婚前见面礼，父王命令我和两个哥哥的未婚妻每人带一束花去参加舞会。谁的花最美，父王就把王位传给谁的未婚夫。你到王宫来吧，可别忘了带一束你最喜爱的鲜花！"

"好吧，我一定照着你的话去做！"青蛙回答，"不过你必须送一只白公鸡来，我要骑着它到王宫去。"

王子告别青蛙回去了。不一会儿，他派人给青蛙送来一只白公鸡。青蛙立刻去见太阳，请求太阳送她一件太阳衣。第二天清早，青蛙骑上公鸡，带着太阳衣，动身到王宫去。看守城门的卫兵不让她进城，她就吓唬他们说要向王子控诉这种无礼行为。卫兵们马上给她打开了城门。

青蛙进了王宫，顿时变成了一个美丽的姑娘。她穿的是太阳衣，手里拿的不是鲜花，而是一束麦穗，白公鸡也变成了一匹雪白的骏马。就这样，她来到了宫殿里。国王向客人们走来，先走到大王子的未婚妻面前，问她带来了什么花，那姑娘向他献上一朵玫瑰花。国王接着又走到二王子的未婚妻面前，问她带来什么花，这姑娘向国王献上一束石竹花。国王转过身来走到小儿子的未婚妻的面前，一眼看见她手里拿着一束麦穗。

国王就对她说："你给我们带来了一束最美丽、最有益的鲜花。看来，你知道我们缺少它是不能生活的。我们要那些奢华的花朵有什么用呢？你真是个聪明的姑娘，嫁给我的小儿子吧。为了奖励你超人的智慧，我要把王位传给你们。”于是青蛙姑娘就成了王后。

需要是最好的老师（保加利亚）

从前有一位樵夫有两个儿子，他每天到森林里去砍柴时，只带一个儿子去。他自己砍，儿子帮他点忙。儿子长大后，樵夫对他们说：“孩子们，现在你们自己去森林砍柴，我在家休息。”

孩子回答说：“爸爸，要是我们的大车突然坏了，谁来修呢？”

“孩子，要是你们弄断了车把，或者发生别的什么事，不要怕，需要会教会你们一切的！”

两兄弟听了父亲的话，便到森林里去了。青年人手脚很快，他们砍的树比父亲多，然后把木头装上车回家。但车把在半路上断了，两兄弟从大车上爬下来，叫道：“需要，请你来修车子！”

他们叫啊，叫啊，天已经黑了下来，而需要还是没有来。这时，弟弟说："这个该死的需要不来！我们是不是要自己修理？"

哥哥回答说："也许需要走得很远了，也听不见了，我们再一起用尽力气喊！"

他们直着嗓子又喊了起来，直喊到喉咙哑了，还是没有一个人来。弟弟又对哥哥说："你看，天已经暗了！也许我们白喊了！也不知道这个需要是否会修车子。"

于是，兄弟俩只好自己动手修了，一个执斧头，另一个拿刨子。一二，一二，敲敲打打，他们竟自己修好了大车！他们回到家后，父亲问："孩子，你们是怎么回来的？"

于是，他们立即诉苦："爸爸，半路上车把断了。我们叫这个该死的需要，喉咙都叫破了，可他还是不来。后来，我们就自己拿起斧头、刨子，动手修好了车子。"

"嘿！孩子！"父亲说，"这就是需要呀！你们叫它，可它就在你们身边，没有人会帮助你们，只能自己对付。所以说，需要是最好的老师！"

石 匠（智利）

从前，有一个石匠，他每天到一座大山上去选择各种不同的石头，凿出各式各样的墓碑和造房用的石板。作为一个有经验的石匠，他能够非常清楚地区分不同石块的不同用途。因此，他的雕琢技术经常得到顾客的称赞。他的生活过得还是不错的。

传说山里有一位山神，这位山神会突然来到你的面前，给你意想不到的帮助。山神就是用这种方法给人们带来富裕和快乐的。

而石匠尽管整天进山工作，却从来没有遇到过这位山神。所以当别人提起山神时，他只是摇头，不相信会有这样的事。

但是，后来发生的一件事，使他改变了自己的看法。

一天，石匠正在搬运一块大石板，他来到一家富人的房前。在富人的家里，他看见了许多自己从来没有见过的东西。这些美妙的东西，石匠连做梦都没见过。石匠现在多么希望自己也有这许多美妙的玩意儿并过上富足的生活啊。

这样一来，他感觉到自己现在的工作越来越沉重了！想着，想着，他不禁自言自语起来："要是我也是一个富人，能够睡在有丝绸帘子、金流苏的床上，那我将是世界上最幸福的人了！"

突然，有一个洪亮的声音回答他："你的愿望听到了你的声音，你将成为一个富人！"

石匠听到这回答，看了看周围，周围没有一个人……他想这可能是自己的幻觉。奇怪的是，他觉得自己气力不足了。于是，他拿起自己的工具，忧心忡忡地回家去了。因为这天他再也没有心思干任何活了。

他到了自己的家门前，被眼前的景象惊呆了：他原来住的小木屋不见了，出现的是一座崭新的、富丽堂皇的宫殿。他走进屋里一看，尤其使他惊讶的是还有一张他曾经羡慕过的床，他高兴得一下子扑到这张柔软、美丽的床上。在这使人陶醉的环境里，石匠把过去的生活忘得一干二净。

现在正是盛夏季节，每天骄阳似火，天气特别酷热。一天早晨，气候闷热得使石匠只能勉强呼吸。于是，他决定待在家里，不再去干活。一直待到傍晚，他还是感到精神不振，心神不宁。因为他无事可做，他只得无聊地不时透过百叶窗朝外窥探，希望能看见使自己感兴趣的东西。这时有一辆极其华丽的马车，在一个仆人的驾驶下从石匠的窗前驶过，仆人的身上穿着天蓝色镶有银花边的制服，马车上坐的是一位年轻英俊的王子，头上还有一把金阳伞撑着，来遮住炽热的太阳。

当马车在远处消失后，石匠又贪婪地自语道："假如我是个王子，我也能乘坐这样华丽的马车，也会有这样一把美丽的金伞遮在我的头上，那我该多么幸福呵！"

山神的声音又在回答他："你的愿望听到了你的声音，你将成为一个王子。"

于是石匠又变成了一个王子，在他的马车前，有一伙人骑着马，另一伙人跟在他的马车后面，以保护他的安全。他的仆人身穿玫瑰红镶着金花边的制服，那把他渴望已久的金伞也遮在了他的头上。所有这一切，都是他想要得到的，但这还不能够满足他日益变得贪婪的心。石匠还希望得到更多更好的东西。当他看到那把金阳伞虽然遮住了阳光，但他的脸还是受到灼热阳光的威胁时，他气愤地叫道："太阳比我的威力大，我要成为太阳！"

山神马上就回答："你的愿望听到了你的声音，你将成为太阳！"

石匠又成了太阳，他为自己的威力感到自豪。他发出强烈的光线，射向整个宇宙。他烤焦地上的青草，晒黑人们的面孔。但是，过了没多长时间，他又对自己的威力产生厌烦，因为他整天感到无事可做，他的心中又产生了不满足的念头。

有一天，飘来一大片乌云，遮住了他的脸，石匠变成的太阳失去了威力。他又生气了，高声地嚷道："云遮住了我的光，它的威力比我还要大！咳！我要是成为云，那我就比任何东西都强大了！"

洪亮的声音又出现了："你的愿望已听到了你的声音，你将变成一片云！"

于是，石匠又变成了一片云，躺在地球和太阳中间。他任意捉弄太阳，贪心地遮掩它，心里可高兴了，认为自己比什么都强！但不久，他看到大地又披上了绿装，鲜花吐露着芬芳，他又不高兴了，他恶作剧地把自已化为暴雨，连续不断地倾注在大地上，直到河水泛滥，冲垮堤岸，把粮食都浸在水里。所有的城堡和乡村都被暴雨的威力冲垮了，只有那高山巨石，仍岿然不动地耸立在大地上。石匠见到岿然不动的高山，非常惊异，大声喊道："这些岩石难道比我还强大？呵，我要是再能变成一块岩石，那该多好呵！"

山神回答："你的愿望听到了你的声音，你将成为岩石！”

于是，他成了一块大岩石。他为自己的强大感到荣幸。他高傲地站在大地上，无论是太阳的晒烤，还是大雨的浇淋，都不能摇撼他。“这比什么都好！”他骄傲地自言自语。但是，正在他扬扬得意的时候，突然传来一阵叮叮咚咚的响声。他寻声细看，只见一个小石匠手拿锤子和钢钎，正在凿他的脚，他不由得浑身战栗起来。接着，小石匠就从他的脚部凿出一块大石头来，痛得他嗷嗷大叫。从这以后，他又感到自己并不强大了，他自言自语地说：“看来这小石匠比我强得多。唉！还是让我回去干自己的老本行吧。”

山神又在回答他了：“你的愿望已听到了你的声音，你将变回你原来的样子！”

他又变成了人，重新拿起了石匠的工具，又开始了他原来的凿石工作。他现在的工作是十分辛苦的，他的床还是原来的硬板床，食物也是一般的粗茶淡饭。但是，他现在真正感到知足了，他再也不想变成其他什么东西，也不想变成别的什么人。从此，他不再想去获得那些不劳而获的东西，也不想成为比别人伟大或强大的人。从此，他再也听不见山神的声音了，因为他现在是满足的，生活也是幸福的……

名师导读（二）

MINGSHI DAODU

耿玉苗
（北京赫德双语学校课程研究院副院长 阅读改变中国年度点灯人）

★思维拓展

（一）该不该对凶恶的野兽或恶人大发慈悲？

好心的东郭先生救了狼，可是狼恩将仇报差点让东郭先生成了它的腹中餐。多亏砍柴人及时出现，用智慧捉住了狼，并砍死了它。砍柴人最后对东郭先生说了一句意味深长的话：“跟凶恶的野兽讲什么理？还对它发慈悲，那不是自讨苦吃吗？”如果在生活中，你遇到“狼”这样的人，你会大发慈悲吗？为了让自己远离危险，你如何用智慧让自己成功脱险呢？我们到底该不该对凶恶的野兽或恶人大发慈悲呢？

（二）智慧胜过黄金

巧妙写对联骂财主的祝枝山，智告贪官的刘罗锅，成功用智慧取胜的阿凡提……他们的故事告诉我们智慧胜过黄金。一个人能够克服困难最终取得成功，靠的是智慧，不是蛮干，否则有再大的力气也只是匹夫之勇。当一条路行不通，我们要相信条条大路通罗马，换种思路，就会迎来柳暗花明。当一种方法不奏效，我们完全可以换一种新的方法，跳出局限，可能就会峰回路转。我们通过读书学习获取知识，但更重要的是学会思考，拥有解决问题的智慧。你同意这个观点吗？要成为有智慧的人，要在哪些方面努力一下呢？至今为止，你做得最有智慧的事情是什么？分享一下你的智慧故事吧！

（三）诚实是最高贵的品质

当你怀着希望种下花种，从早到晚浇水、施肥、松土，付出诸多辛苦，经过漫长等待，却没有等到种子发芽，当你看到别人的花盆里长出鲜艳美丽的花朵，你是否有勇气诚实地面对自己的灵魂，像雄日那样勇敢地捧出那一个“空空如也”的花盆？你是一个诚实守信的人吗？你是否为曾经的谎言付出过代价？诚实对你和别人来说意味着什么？我们应该对所有的人都诚实吗？你如何看待诚实？

（四）幸福取决于什么？

意大利民间故事《幸福取决于什么》很有意思。诗人和歌唱家各执己见，诗人认为金钱能带来幸福，歌唱家认为决定幸福与否的是命运。两个人为了证明自己的观点正确，找到了一个叫阿尔其岱的年轻人，想通过阿尔其岱来验证幸福到底取决于什么。经过一番波折，几年过去了，阿尔其岱也加入了两个人的辩论，他说：“请允许我也说说自己的看法。金钱是重要的，命运也是重要的，不过请相信我，最重要的是劳动和毅力。诗人先生，姨妈的遗产也许真的帮了您的忙，然而更重要的是，您虽然多年穷困潦倒、默默无闻，却没有停止过写诗。歌唱家先生，路易斯伯爵帮您扬了名，然而更重要的是，在伯爵乘船经过的那个幸福时刻到来之前，您一直没有停止过练唱。至于我呢，我所获得的一切，都是双手辛勤劳动的结果。”

你认为幸福取决于什么？你赞同谁的观点呢？请结合自己读过的书，自己经历的事来发表见解，做到有理有据。

（五）每个人都有自己的秘密，高高在上的国王也不例外

国王的秘密令他整天愁眉苦脸、闷闷不乐，只有理发师知道他愁眉苦脸、闷闷不乐的原因。国王再三叮嘱理发师不许对任何人讲起这个不可告人的秘密，理发师是否做到了遵守诺言呢？国王的秘密守住了吗？你是否也有不可告人的秘密？你是否理解国王最后从容不迫对众人说的话：“是的，我承认这个事实。因为，没有任何人可以隐瞒自己的缺陷，也没有一个人是完美无缺的。”你可以写一写自己对于秘密的看法，同时把对《国王的秘密》这个故事的理解写下来。

★自我测评

从五道思维拓展题中任选你感兴趣的一个，写一篇不少于350字的文章。